THE QUEEN OF CRIME
繁體中文版
20週年
紀念珍藏

萬聖節派對

Hallowe'en Party

阿嘉莎・克莉絲蒂 著
馬相武 譯

通俗是一種功力

吳念真（導演、作家）

通俗是一種功力。絕對自覺的通俗更是一種絕對的功力。

這樣的話從我這種俗氣的人的嘴巴說出來，大概很多人要笑破褲底了。不過，笑完之後請容我稍稍申訴。這申訴說得或許會比較長一點，以及，通俗一點。

小時候身材很爛，各種遊戲競爭完全任人宰割，唯一隱遁逃避的方法是躲起來看書或聽大人瞎掰。那年頭窮鄉僻壤的小孩能看的書不多，小學二年級時最喜歡的是超大本的《文壇》，老師借的。看著看著，某天老師發現我的造句竟出現：「捧著：朝陽捧著一臉笑顏為群山剪綵」這樣亂七八糟的文字，就拒絕再讓我看那些超齡的東西了。

老師的書不給看，我開始抓大人的書看。一種是厚得跟磚塊一樣的日文書，對我來說那完全是天書，但插圖好看，經常有限制級的素描。另一種書是比較薄的，通常藏得很嚴密，只是裡面有太多專有名詞、重複的單字和毫無限制的標點，比如「啊啊啊」、「……！！！」

老讓我百思不解。有一天，充滿求知欲地詢問大人竟然換來一巴掌後，那種閱讀的機會和樂趣也隨著消失了。

所幸這些閱讀的失落感，很快從大人的龍門陣中重新得到養分。講到這裡，我似乎先得跟一個村中長輩游條春先生致敬，並願他在天之靈安息。

我所成長的礦區，幾乎全是為著黃金而從四面八方擁至的冒險型人物，每人幾乎都有一段異於常人的傳奇故事。這些故事當事人說來未必精采，但一透過游條春先生的嘴巴重現，有時連當事人都聽得忘我，甚至涕泗縱橫，彷彿聽的是別人的故事。

條春伯沒當過日本兵，可是他可以綜合一堆台籍日本兵的遭遇，一如連續劇般從入伍、受訓、逃亡荒島，面對同鄉同袍的死亡，並取下他們的骨骸寄望帶回故鄉，乃至骨骸過多搞不清哪是誰的等等，讓聽的人完全隨他的敘述或悲或笑，彷彿跟他一起打了一場太平洋戰爭。此外他也可以把新聞事件說得讓一個三、四年級的小孩，到現在仍記得當時腦中被觸動的畫面。例如當年瑠公圳分屍案的凶手做案之後帶著小孩到安東街吃麵（這讓我一直以為台北的安東街是條專門賣麵的街道），還有甘迺迪總統被暗殺、賈桂琳抱住她先生、安全人員跳上飛快的車子保護賈桂琳……當然，這記憶全來自條春伯的嘴巴而不是報紙。我的記憶全是畫面，有畫面，是因為條春伯說得精采，說得有如親臨他至死都還搞不清地理位置的達拉斯命案現場。

於是這小孩長大後無條件地相信：通俗是一種功力，絕對自覺的通俗更是一種絕對的功力。透過那樣自覺的通俗傳播，即使連大字都不識一個的人，都能得到和高階閱讀者一樣的感動、快樂、共鳴，和所謂的知識、文化自然順暢的接軌。也許就是因為這些活生生的例子，俗氣的自己始終相信：講理念容易講故事難，講人人皆懂、皆能入迷的故事更難，而能隨時把這樣的故事講個不停的人，絕對值得立碑立傳。

條春伯嚴格地說是有自覺的轉述者，至於創作者，我的心目中有兩個。一個是日本導演山田洋次，一個是推理小說家阿嘉莎．克莉絲蒂。

山田洋次創造了寅次郎這個集合所有男人優點跟缺點的角色，在以《男人真命苦》為名的系列下，總共完成百部左右的電影。它們的敘述風格、開頭、結尾的方法不變，唯一改變的是故事，是時代，是遍歷日本小鄉小鎮的場景。數十年來，看《男人真命苦》幾已成為日本人每年的一種儀式，一如新春的神社參拜。

數十年前訪問過山田導演，他說，當他發現電影已然有它被期待的性格時，電影已經不是導演自己的。他說：當所有人都感動於美人魚的歌聲時，你願意為了讓她擁有跟你一樣的腳，而讓她失去人間少有的嗓音嗎？

人間少有的嗓音與動人的歌聲，都來自山田導演絕對自覺的通俗創造。

再如阿嘉莎．克莉絲蒂，如果我們光拿出她說過的故事和聽過她故事的人口數字，就足以嚇死你。五十多年的寫作生涯，她總共寫出六十六本長篇推理小說，外加一百多篇短篇小說和劇本。其中有二十六本推理小說被改編，拍了四十多部電影和電視劇集。作品被翻譯成一百零三種文字的版本，銷量超過二十億本。

夠了。你還想知道什麼？知道二十億本的意義是什麼嗎？二十億本的意義是全世界平均三個人就有一個人讀過她的書，聽過她說的故事。

說來巧合，她和山田洋次一樣，創造出個性鮮明的固定主角（當然，前前後後她弄出來好幾個），然後由他（或是她）帶引我們走進一個犯罪現場，追尋真正的罪犯。

故事就這樣？沒錯，應該說這是通常的架構。那你要我看什麼？不急，真的不急，克莉絲蒂會慢慢冒出一堆足夠讓你疑惑、驚嚇、意外，甚至滿足你的想像力、考驗你的耐心和智商的事件來。

推理小說不都是這樣嗎？你說得沒錯，大部分是這樣，不一樣的是……對了，她像條春伯，像山田洋次，她真會說，而且她用文字說。

文字的敘述可以讓全世界幾代的人「聽」得過癮、「聽」個不停，除了聖經，也許就是克莉絲蒂。她不是神，但她真的夠神。

數十年前，台灣剛剛出現她的推理系列中譯本，那時是我結婚前，常有同齡的文藝青年來我租住的地方借宿，瞄到我在看克莉絲蒂，表情詭異地說：「啊？你在看三毛促銷的這個喔？」

我只記得他抓了一本進廁所，清晨四點多，他敲開我的房門說：「幹，我實在很討厭那個白羅……再拿一本來看看，我跟你說真的，要不是你的書，我真的很想把那個矮儸壓到馬桶吃屎！」

我知道他毀了，愛吃又假客氣，撐著尊嚴騙自己。克莉絲蒂再度優雅地撕破一個高貴的知識份子的假面具，她的手法簡單，那手法叫通俗，絕對自覺的通俗，無與倫比、無法招架的功力。

昔日的文藝青年如今跟我一樣，已然老去，但不時還會看到他寫一些充滿理念和使命感極重的文章，在報紙和雜誌上出現。我知道他要說什麼，只是常常疑惑他想跟誰說；同樣，我記得他說過什麼，但轉眼間忘記他說了什麼。但請原諒我，幾十年前那個晚上，他在我家看完的那兩本克莉絲蒂的小說內容，我可還記得清清楚楚。

也許有一天再遇到他的時候，我會問他之後是否還看過克莉絲蒂其他的書，如果沒有，我會跟他說，想讀要趁早，因為你會老、會來不及。至於白羅那個矮儸，大概永遠不會消失。哦，對了，還有一個叫瑪波，你說不定會來不及認識……

老派偵探之必要

冬陽（推理評論人，台灣推理作家協會理事長）

「讀者非常喜歡白羅這個人物，表示『那個開朗的小個子，過氣的比利時名偵探』。顯然白羅是這本小說受歡迎的一個原因，雖然白羅可能不贊同用『過氣』二字來形容他。」知名編輯兼作家經紀人約翰．柯倫（John Curran）在《阿嘉莎．克莉絲蒂的秘密筆記》一書如是說，文中提到的「這本小說」，正是克莉絲蒂初試啼聲、名偵探赫丘勒．白羅優雅登場的《史岱爾莊謀殺案》，一部於一個世紀前出版的偵探推理作品。

百年光陰的淬鍊顯然證明了白羅絕無過氣的疲態，連帶讓我聯想起電影《金牌特務》（*Kingsman*）上映後，大眾熱議西裝如何能帥氣俊挺歷久不衰——或許可以從這個切入角度，在這裡跟老書迷、新讀友探究這個蛋頭翹鬍子偵探（我沒有影射哪款洋芋片食品喔）的魅力所在。

且讓我們話說從頭。

「我敢打賭你寫不出好的推理小說。」一九一六年，阿嘉莎・米勒（克莉絲蒂婚前的舊姓）在媽媽的打字機上敲擊，打算回應姐姐梅姬這挑釁的話語。她努力嘗試，但故事寫得不好，於是改從身旁熟悉的事物著手——比方說毒藥。阿嘉莎在藥房工作過，曾在某個夜裡驚醒，匆匆回到調劑室重新配置，因為她不記得有沒有漏做一個重要步驟，否則病患就要去見閻王了——噢，這似乎是個謀殺好點子。

阿嘉莎還記得姨婆對她的叮嚀：要注意他人覬覦她珍藏的首飾，時時留意是不是有人偷偷拉長了耳朵聽她們的竊竊私語。小阿嘉莎不但執行得徹底，還把這個習慣寫進小說裡。同時她還注意到，因為世界大戰爆發，家鄉托基湧入許多比利時難民，不如讓一個逃難到英國的比利時退休警官擔任偵探？一定很有趣！

啊，偵探小說顧名思義，只要塑造出一個教人印象深刻的偵探，大概就成功一半。這個人物必須要有特色、有個性，甚至是怪癖，而且聰明又自負。好幾個名字浮現在她腦海裡：莫里斯・盧布朗（Maurice Leblanc）筆下的怪盜紳士亞森・羅蘋、卡斯頓・勒胡（Gaston Leroux）創造的新聞記者胡爾達必，當然還有那最最知名的夏洛克・福爾摩斯——連帶創造一個華生型的助手好了。該怎麼安排呢……

於是，一位偵探的樣貌漸漸成形：五呎四吋的小個兒，蛋型臉上蓄著保養得宜、梳理有型的鬍子，衣著一塵不染，漆皮鞋擦得錚亮。他有嚴重的潔癖，說話不時夾雜法語，喜歡成雙成對的東西，喜歡方的不喜歡圓的（雞蛋為什麼不是方的呢？），口頭禪是「動動灰色的腦細胞」。阿嘉莎心想，他應該要有個像福爾摩斯一樣響亮的名字，取名「赫丘勒斯」怎麼樣？希臘神話中的大力士。姓氏叫白羅，不過搭赫丘勒斯這個名字好像不配……改一下，赫丘勒．白羅好像不錯？就這麼定了吧！

白羅很聰明，懂得觀察入微沒錯，但這並不表示他就得是台獨尊腦袋、缺乏情感的冰冷思考機器，尤其要在人物關係錯綜複雜的莊園宅邸查案追凶，交際手腕得高明些才行。他不是在謀殺發生、屍體出現後才開始像頭獵犬四處嗅聞，而是憑藉旺盛的好奇心與強烈的同理心接觸各種人事物，進而探入被害者、犯罪者、各個看似無辜但多少都和事件沾上邊的關係者的心靈深處，佐以現今稱作鑑識、法醫等等科學鐵證（哎，證據人人知道，可是要怎麼跟真相合理地連結到一塊，這就是名偵探的功力啦），讓原本叫人束手無策的事件得以畫下完美句點。也因此，白羅偶爾能預測進而制止罪案的發生，甚至對殘酷但值得憐憫的罪行網開一面，這樣才合乎人性不是嗎？

婚後以阿嘉莎．克莉絲蒂為名，推出《史岱爾莊謀殺案》後深獲好評，相隔六年的《羅傑艾克洛命案》更是引發街談巷議，而克莉絲蒂全球暢銷前十大作品中，還包括《東方快車謀殺案》、《尼羅河謀殺案》、《ABC謀殺案》、《藍色列車之謎》、《底牌》、《五隻小豬之歌》，合計八部皆由白羅擔綱演出。讀者不只喜愛這個聰明角色，還臣服於平實流暢的文筆及相對顯得衝突的複雜劇情，冷酷的謀殺動機隱藏在細膩的人際關係裡，穿透看似單純、帶點童話氣息的表象後，端賴名偵探明察秋毫、撥亂反正。尤其讓一個比利時人在英國土地上辦案，是克莉絲蒂的小心思，因為「英國人總是不信任外國人，也不相信睿智」（語出英國偵探俱樂部主席馬丁・愛德華茲〔Martin Edwards〕），讀者同凶手一樣輕忽不設防，卻也得到了參與鬥智競賽的意外驚奇和美好滿足。

這樣的閱讀感受，我稱之為「老派偵探之必要」，因為它純粹簡約，經得起反覆咀嚼，猶如前述的西裝革履，在潮流更迭的時間長河裡維持恆久的優雅風範——呼應吳念真先生寫在「策畫者的話」中的一段文字，那不是惺惺作態的高傲睥睨，而是「絕對自覺的通俗，無與倫比、無法招架的功力」所致。

不信？往下讀去就知道。而且我敢打賭，你有很高的比例會將整個白羅系列嗑完，然後是瑪波小姐系列以及其他系列，當然也不可能錯過像名列暢銷首位的《一個都不留》這類獨立之作……

註　克莉絲蒂推理全集一至三十八冊為「神探白羅系列」，三十九至五十二冊為「神探瑪波系列」，五十三至八十冊包含鬼豔先生、湯米與陶品絲、雷斯上校、巴鬥主任等名探故事。

獻詞

阿嘉莎・克莉絲蒂是世界讀者最眾，也最廣受喜愛的女作家。

身為克莉絲蒂的孫兒，我相信奶奶會非常樂見這次出版，

因為她極以自己作品中的趣味與娛樂為豪。

歡迎所有喜歡本系列的台灣新讀者參與這場饗宴！

——馬修・培察（Mathew Prichard）

／01

阿蕊登．奧利薇夫人隨同她客訪的朋友茱迪．巴特勒，一起去幫忙準備當晚即將舉行的兒童派對。

現場熱鬧非凡。女人們一個個精神抖擻，進進出出地搬著椅子、小桌子、花瓶什麼的，還搬來許多老南瓜，有條不紊地放在選定的位置上。

今天要舉行的是萬聖節派對，邀請的對象是十至十七歲的孩子。

奧利薇夫人避開人群，背靠著一處空白牆壁，捧起一個大南瓜左瞧右瞧。

「我上一回見到南瓜，」她說，用手攏了攏散落在飽滿前額的白髮。「是去年在美國的時候。有上百個呢，滿屋子都是。我從來沒見過那麼多南瓜。說真的。」她若有所思地又加上兩句：「我從來分不清南瓜和胡瓜，這個到底是什麼呢？」

「對不起，親愛的。」巴特勒夫人說道，她不小心踩了朋友一腳。

奧利薇夫人把身體更貼緊牆了。

「都怪我，」她說，「是我站在這裡擋路。看到那麼多南瓜——或是胡瓜，管它是什麼呢——挺讓人大開眼界的。到哪裡都看得到，商店啦，一般人家啦，有的在裡面點著蠟燭或夜燈，有的則掛起來，真是有意思極了。但那不是萬聖節，而是感恩節。我總是把南瓜跟萬聖節聯想在一起，那是在十月底。感恩節晚很多，對吧？應該是在十一月，大約十一月的第三個星期吧？不管怎麼說，這裡的萬聖節固定是十月三十一日，對吧？過了萬聖節後，接下來呢？是萬靈節？要是在巴黎，這一天你得去公墓獻花，不過這節日並不叫人傷感。因為孩子們也都去，玩得可開心了。你得先去花市買一大堆美麗的鮮花。哪裡的鮮花都比不上巴黎花市裡的好看。」

忙碌的女人們不時撞到奧利薇夫人，但沒人留神聽她在說什麼。她們都專心忙著自己手中的事。

她們大部分是母親，也有一兩個能幹的老處女；一些大孩子也幫忙。十六、七歲的男孩有的爬上梯子，有的站在椅子上裝飾房間，把南瓜呀或胡瓜以及色彩鮮豔的氣球放在合適的高度上；女孩們年齡從十一至十五歲不等，她們三五成群，四處閒逛，不停地咯咯直笑。

「萬靈節參觀公墓之後，」奧利薇夫人繼續說道，肥胖的身子低靠在椅子上的扶手。「就過諸聖節。我想應該沒錯吧？」

沒人回答她的問題。年過四十風韻猶存的德雷克夫人，也就是派對的主辦人，大聲說道：「儘管這是個萬聖節派對，我卻不想用這個名字。我想稱之為甄試[1]派對，因為參加的孩子都是這個年齡，他們不久之後就要離開榆樹小學去別處上中學了。」

「這麼說不太對吧，任娜？」惠特克小姐說，不甚贊同地用手扶了扶夾鼻眼鏡。惠特克小姐是當地的小學教師，向來以講求精確著稱。

「我們廢除甄試已經有一段時間了。」她說。

奧利薇夫人不好意思地從椅子上站起來。

「我沒幫什麼忙，淨坐在這兒胡說什麼南瓜、胡瓜的。」

而且順便休息，她想。她有點過意不去，但也沒自疚到大聲說出來。

「我可以做些什麼呢？」她問道，突然又加上一句：「多可愛的蘋果啊！」

有人剛端來一大盆蘋果。奧利薇夫人對蘋果情有獨鍾。

「又紅又可愛。」她又說。

「其實不太好吃，」任娜．德雷克說道，「但看上去的確誘人。是為了咬蘋果遊戲準備的。都很軟，咬起來不費勁。把蘋果搬到圖書室去好嗎，貝翠絲？玩咬蘋果遊戲常會弄得到處都是水。不過圖書室的地毯也舊了，溼了沒關係。哦！謝謝你，喬伊絲。」

1 指英國小學生要進入中學前的選拔考試，由於年齡在十、十一歲，故被命名為 Eleven Plus 甄試。

十三歲的喬伊絲長得十分強壯，她端起那缽蘋果，有兩個滾落下來，而且像是中了女巫的魔法似的，它們恰巧停在奧利薇夫人的腳邊。

「您喜歡吃蘋果，是嗎？」喬伊絲問道，「這我是從哪裡看到的，不然就是從電視上聽來的。您就是專門寫謀殺的奧利薇夫人吧？」

「是的。」奧利薇夫人答道。

「我們應該讓您設計點謀殺的遊戲。乾脆派對最後來個謀殺案，讓大家來解謎。」

「不啦，多謝，」奧利薇夫人說，「別又來了。」

「『別又來了』，您這是什麼意思？」

「哦，我玩過一次，可是不太成功[2]。」奧利薇夫人說。

「但您寫了許多書，」喬伊絲說，「一定賺了不少錢吧？」

「可以這麼說。」奧利薇夫人答道，她的思緒飛向了英蘭大街。

「您書中的偵探是芬蘭人。」

奧利薇夫人承認了。一個她猜恐怕還不到參加中學甄試年齡的愣小鬼追問道：「為什麼是芬蘭人呢？」

「我自己也很納悶。」奧利薇夫人坦白地說。

風琴師的妻子哈格夫人氣喘吁吁地走進來，扛著一個綠色的大塑膠桶。

「拿這個來裝蘋果怎麼樣，」她說，「我想比較好看一點。」

藥劑師莉依小姐說：「鐵皮桶更好一些，不容易打翻。要放哪兒，德雷克夫人？」

「我覺得咬蘋果遊戲在圖書室裡進行比較好。那裡的地毯很舊，因為到時候會濺出不少水。」

「好，我們就拿過去吧。任娜，這裡還有一籃蘋果。」

「我來幫忙。」奧利薇夫人說道。

她拾起腳邊的兩顆蘋果，不知不覺地竟然就啃了起來。德雷克夫人用力地從她手裡取走另一顆蘋果放回籃中。

人們大聲喧嘩起來。

「對呀，但我們在哪兒玩蹦龍遊戲？」

「應該在圖書室，那裡光線最暗。」

「不，應該在餐廳。」

「那我們得先鋪點東西在桌子上。」

「可以先鋪綠毛毯再鋪塑膠布。」

「那照鏡子遊戲呢？我們真的能在裡面看見未來的丈夫嗎？」

2　參克莉絲蒂的《弄假成真》一書。

奧利薇夫人一邊輕輕咬著蘋果，一邊偷偷脫了鞋坐到靠椅上，她審視著滿屋忙碌的人們。身為作家，她不免冒出一個念頭：「要是以現在在場的人為主人翁寫本書，我該怎麼下筆呢？他們大多數都十分善良，但是真是假，誰知道呢？」

她對這群人感到很陌生，但這反而饒富風趣。他們都住在木蕾村，有些人她有點模糊印象，因為茱迪都跟她提過。強生小姐好像和教堂有什麼關係，但不是牧師的妹妹。對，是風琴師的妹妹，沒錯。任娜・德雷克像是伍利社區的總幹事。還有一個胖嘟嘟的女人，她剛才提了一個桶子進來。那桶子看了叫人討厭。奧利薇夫人對塑膠製成的東西沒有好感。還有不少孩子，一些少男少女。

對這些小孩，奧利薇夫人知道的也僅限於名字。她知道有叫南恩的、有叫貝翠絲、凱西的，還有一個叫戴安娜，一個叫喬伊絲。喬伊絲就是那個愛炫耀、好提問的少女。我不太喜歡喬伊絲，奧利薇夫人心想。有個女孩叫安兒，個子高高的，有點傲氣。兩個稍長的男孩子似乎才剛適應頂了個不同的髮型，那效果很不理想。

一個瘦小的男孩走過來，顯得很靦腆。

「媽咪讓我把這些鏡子拿來看合不合適。」他似乎連氣都不敢喘。

德雷克夫人從他手中接過鏡子。

「非常感謝你，艾弟。」她說。

「這都只是些普通的鏡子，」一名叫安兒的女孩問，「我們真的能在裡面看見未來丈夫的臉嗎？」

「有的人能看見，有的人可能看不見。」巴特勒夫人答道。

「您以前參加派對時，看見過您丈夫的臉嗎……我指的是這種派對？」

「她當然沒有。」喬伊絲答道。

「她也許看見了，」貝翠絲傲慢地說，「那種感覺人們稱之為『第六感』，一種特殊的感應。」說出這個時髦的新名詞她不禁洋洋得意。

「我讀過您的一本書，」安兒對奧利薇夫人說，「《垂死的金魚》，很好看。」她友善地稱讚道。

「我不喜歡那一本，」喬伊絲說，「流血的場面太少。我喜歡血淋淋的謀殺案。」

「那滿噁心的，」奧利薇夫人說，「你不覺得嗎？」

「但是很刺激。」喬伊絲說。

「那不見得。」奧利薇夫人答道。

「我看見過一次謀殺。」喬伊絲說。

「別傻啦，喬伊絲。」小學教師惠特克說。

「真的。」喬伊絲說。

「真的？」凱西瞪大眼睛盯著喬伊絲問，「你真的親眼看見一樁謀殺案？」

「她當然沒看過，」德雷克夫人答道，「別說傻話，喬伊絲。」

「我真的見過，」喬伊絲堅持說，「真的，真的，真的。」

一個十七歲的男孩坐在梯子上，他饒有興致地向下看。

「什麼樣的謀殺？」他問。

「我不信。」貝翠絲說。

「當然沒這回事，」凱西的媽媽說，「那是她編的。」

「我沒有！我是看見了。」

「那你當時幹嘛不叫警察？」凱西問。

「因為我看見的時候並不知道是謀殺。我是說，過了好久之後，我才意識到那是謀殺。還是兩三個月以前誰說了句什麼話，才讓我想到原來我見到的是一件謀殺案。」

「看吧，」安兒說，「全是她編的。胡說八道。」

「那是什麼時候的事？」貝翠絲問。

「好多年前了，」喬伊絲說。「當時我還很小。」她又加上一句。

「誰殺了誰呢？」貝翠絲問。

「不告訴你們，」喬伊絲說，「你們知道了一定會嚇死。」

莉依小姐搬來了另一種桶子。話題馬上就轉到是鐵桶或塑膠桶更適合玩咬蘋果遊戲。大多數來幫忙的人都去圖書室評估場地。有些孩子們大概是急於用最困難的方式和最自豪的本事來加以驗證，結果是頭髮弄溼了，水也濺得四處都是，只好叫人弄了一堆毛巾來擦拭。最後大家決定還是鐵桶好。塑膠桶是好看，可是動不動就容易弄翻。

奧利薇夫人端了一大盆蘋果走進來，那些她本來是預備著明天吃的。她把蘋果擱在桌子上，又拿了一個吃起來。

「我看報紙的報導說，您喜歡吃蘋果。」這個叫安兒或者蘇姍（她不知道叫哪一個）的女孩有責怪的意思。

「我常犯這個毛病。」奧利薇夫人回答說。

「如果是吃甜瓜就更有意思了，」一個男孩提出另一種意見。「它們那麼多汁，想想看，到時會搞得多慘啊！」他幸災樂禍地往地毯上看。

在眾目睽睽之下被人控訴貪吃，奧利薇夫人十分難堪。於是她離開房間，尋找那個一向最易辨識的建築體。她爬到樓梯平台的拐彎處，正巧碰見一個男孩和一個女孩擁抱著靠在一扇門上。奧利薇夫人可以確定那正是她急於要進去的地方。但這對小情人根本沒注意到她。他們嘆息著、依偎著。奧利薇夫人心想，他們到底多大呢？男孩子約莫十五歲吧，女孩比十二歲大一點，雖然胸脯發育得似乎挺早。

這棟「蘋果林」占地很大。她想，有好幾個不錯的角落和隱蔽處呢。人們多麼自私啊，奧利薇夫人想，「不為別人考慮」。這句老話在她腦海裡響起來。她的保母、她的奶媽、她的家庭教師、她的祖母、她的兩位姑婆、她的母親還有很多人，前前後後都說過這句話。

「對不起。」奧利薇夫人的聲音宏亮又清晰。

男孩和女孩擁抱得更緊了，嘴唇緊緊地貼在一起。

「對不起，」奧利薇夫人又說了一遍。「能讓我過去嗎？我想進去。」

這對小情人極不情願地分開了。他們瞪著她。奧利薇夫人走進去，砰地關上門，上了門。

這門做得不很密實，外面的談話仍隱約傳到她耳朵裡。

「這還是人嗎？」那半高不低的男聲說，「明知道我們不願受打擾。」

「人們都太自私啦，」女孩子尖聲說道，「永遠只考慮自己的利益。」

「不為別人考慮。」男孩子說。

／02

為孩子們準備派對比招待成年人的宴會費事得多。一般來說，安排些好酒好菜，另外給正派人士準備點檸檬汁什麼的，開個成人宴會就足夠了。也許花錢多，但也省事得多。阿蕊登·奧利薇和她的朋友茱迪·巴特勒的看法完全一致。

「那如果是為青少年辦的派對呢？」茱迪問。

「我不太清楚。」奧利薇夫人說。

「從某個角度看來，」茱迪說，「可以說一點也不麻煩。我是指，他們根本不讓我們大人參與，總說他們要全部自己動手。」

「他們可以嗎？」

「他們覺得可以，」茱迪說，「但他們往往忘了採購該買的東西，又買來許多誰也不想吃的食物。他們把我們攆出去，又抱怨說某些東西我們應該準備好，讓他們能找得到。他們總會摔掉不少玻璃杯或什麼，也總有大家不喜歡的人不請自到，還有人帶來誰都不喜歡的朋友。這種事你也清楚。還會弄來些怪藥……他們管它叫什麼？花盆、紫大麻還是迷幻藥吧！這些東西我原以為只是價格貴碰不得，但事實顯然並非如此。」

「嘗起來應該值那些價錢吧！」阿蕊登．奧利薇說。

「難過死了，大麻有股怪味。」

「真叫人失望啊。」奧利薇夫人說。

「總之，這次派對一定辦得不錯。你可以相信任娜．德雷克，她的活動力很強。等著瞧吧。」

「我連去都不想去了。」奧利薇夫人嘆了一口氣。

「上樓躺一個小時吧。等著瞧，你去那兒就會喜歡的。米蘭達要是不發燒就好了，這次不能去，她好失望呢，可憐的孩子。」

派對七點開始。阿蕊登．奧利薇不得不承認她的朋友是對的。客人到得十分準時，進行相當順利。派對的設計、安排都很好，進行得井井有條。樓梯上點綴著紅燈、藍燈，其他則是黃色的南瓜燈。參加派對的男孩女孩都手執裝飾過的帚柄來比賽。致完歡迎詞後，任娜．德雷克夫人宣布派對的流程：「首先開始帚柄比賽，選出第一、二、三名。然後切麵粉，在小溫室中進行。再來是咬蘋果，那邊牆上有名單，寫了誰和誰配對。接下來舞會開始，燈一滅就交換舞伴。之後女孩們去小書房取鏡子。再接下來吃晚餐、玩蹦龍遊戲，最後頒獎。」

和所有派對一樣，剛開始時大家都有些尷尬。帚柄一一亮出來了，大都很小而且裝飾得不如盡人意。

「這樣評審起來容易些，」德雷克夫人站在一邊和一個朋友說，「這個比賽很有用，要知道，總有一兩個孩子知道自己在別的比賽中沒有機會獲獎，但在這場比賽中，他們隨便就能混上個名次。」

「你真亂來，任娜。」

「我才不是，我只是想公平分配。因為大家都想贏點什麼。」

「切麵粉是怎麼回事？」阿蕊登・奧利薇問。

「哦，對了，上次我們玩這個遊戲時您不在，啊，就是裝一杯麵粉，用力壓緊，再倒在一個托盤裡，上面放一個六便士的硬幣。然後每個人都切下一片來，得盡量不使硬幣掉下來。要是有人碰掉硬幣，他就被淘汰了。這是一種淘汰賽，最後剩下的人自然就得到那六便士。來，我們走吧。」

她們一起走出去。圖書室裡傳出一陣陣歡呼聲，那是在玩咬蘋果的遊戲，出來的人頭髮溼漉漉的，渾身是水。

最受歡迎（至少是最受女孩歡迎）的莫過於萬聖節女巫的到來。女巫由古德博迪夫人扮演，她是當地的清潔女工，不僅天生長得一副鷹鉤鼻、翹下巴（鼻尖和下巴幾乎挨到一起），而且善於模仿一種咕咕的聲音，聽起來叫人毛骨悚然，她還能唸不少神祕的咒語。

「好了好了，過來。貝翠絲，是嗎？啊，貝翠絲，多有趣的名字。哦，你想知道未來的丈夫長什麼模樣。哦，親愛的，坐在這兒。對，對，就在這盞燈下。坐在這兒，握緊這面小鏡子，燈一滅你一回頭就能見到他。好，抓牢你的鏡子。阿布拉卡嗒布拉，想要看誰？要娶我的那個男人。貝翠絲，貝翠絲，快來看你心上人的臉。」

屋裡突然閃過一道光，光線是從架在一幅螢幕後的梯子上發出的，它射到右邊的角落，並反射到激動的貝翠絲緊握的小鏡子上。

「噢！」貝翠絲大叫起來。「我看見他了！我在鏡子裡看見他！」

光束滅了，所有的燈亮起來，貼在一張卡片上的某張彩色照片從天花板上飄落下來。貝翠絲興奮得手舞足蹈。

「看見啦！看見啦！我看見他了，」她喊著，「啊，他長著漂亮的薑黃色大鬍子。」

她撲向離她最近的奧利薇夫人。

「看看，看看。您覺得他帥不帥？他像流行歌手埃迪．普雷斯韋特。您說是不是？」

奧利薇夫人覺得他其實像晨報上某個每天都令她悲嘆的怪臉。她覺得，那種大鬍子是故意留著的，想藉此標榜自己是個天才。

「這些東西都是哪兒來的？」她問。

「哦，是任娜讓尼克弄的。他的朋友戴思蒙也幫了忙。他練習了許多次。他和幾個同伴一起化妝，戴上假髮、落腮鬍、大鬍子等道具，然後光照在他身上，女孩子自然就樂得跳起來了。」
「我總覺得，」阿蕊登・奧利薇夫人說，「現在的女孩子都很傻氣。」
「您不覺得女孩向來如此嗎？」任娜・德雷克問。
奧利薇夫人沉思片刻。
「我覺得您說得對。」她不得不承認。
「好囉，」德雷克夫人大聲喊著，「開飯啦。」
晚餐吃得很豐富。有冰蛋糕、酸辣小菜、大蝦、奶酪，還有甜點。孩子們都吃撐了。
「現在，」任娜宣布，「進行今晚的最後一個遊戲：蹦龍。從那邊穿過去，穿過貯藏室。對，好，先發獎品。」
發完獎後，突然傳來一聲哀鳴，如同預報死神來臨的幽靈號叫。孩子們穿過大廳，跑回餐廳。此時桌上食物已經撤去，改鋪綠色羊絨毯，上面擺著一大盤燃燒著的葡萄乾。每個人都尖叫著，衝上去抓起閃著火光的葡萄乾，喊道：「噢，燙死我了！多可愛呀！」漸漸地火光熄滅了。燈亮起來。派對結束了。
「真是非常成功。」任娜說。
「是您費了不少心血才有這麼好的效果。」
「真棒，」茱迪忍不住讚嘆。「棒極了。」她嚷道：「我們得打掃一下。不能全留給明天那些可憐的女人處理。」

03

倫敦一棟公寓的電話鈴響了，驚動了坐在椅子上的赫丘勒．白羅。一陣失望之情襲上心頭，還沒接電話他就知道是什麼事。他的朋友索利本來答應今晚過來陪他——他們倆就坎寧路市政浴池謀殺案的真正凶手永遠爭個沒完——這電話鈴一響，必定表示他不來了。白羅原已想出了不少證據，這下不禁萬分失望。他覺得索利永遠不會接受他的意見，然而每當索利反過來說出一大堆荒誕不經的想法時，他，赫丘勒．白羅，又會從理智、邏輯、前後次序、條理方法等等層面輕而易舉地駁倒對方。索利今晚若不來，雖然讓人心煩，不過這一天稍早他倆見面時，索利咳嗽得渾身抖成一團，黏膜炎也非常嚴重。

「他感冒了，還滿嚴重的，」赫丘勒．白羅說，「雖然我有些特效藥，但他很可能會傳染給我。所以不來更好。話雖如此，」他嘆息著又說：「那也表示我又要一個人度過沉悶的夜晚。」

他已度過太多如此沉悶的夜晚了，赫丘勒．白羅心想。他的頭腦雖然相當卓越（對此他從不懷疑），但仍然需要外部的刺激。他的腦筋從來不是哲學思辨性的。有時他幾乎為當初沒有去研究神學、卻選擇了當警察而深感後悔。一根針尖上究竟能容納多少個天使跳舞……讓自己認為這個問題相當重要，而不遺餘力地去和同僚們爭論，也許真是一件有趣的事呢。

他的男僕喬治進了房間。

「是索利．利維先生的電話，主人。」

「是嗎？」赫丘勒．白羅說道。

「他感到萬分遺憾，說今晚不能到您這裡來。他得了重感冒，臥病在床了。」

「他不是患流行感冒，」赫丘勒．白羅說，「他只是著涼了，比較嚴重而已。人們常常以為自己感冒了，因為聽上去嚴重些，更能贏得別人的同情。要是說著涼了，就難以獲得朋友們那麼多的憐憫和關心。」

「他不來其實比較好，真的，」喬治說，「感冒很容易傳染，您要是染上就糟了。」

「那就更讓人覺得煩悶了。」白羅同意他的觀點。

電話鈴又響起來。

「又有誰感冒了！」他問，「我沒有約別人。」

喬治向電話走過去。

「我來接，」白羅說，「必定不是什麼有趣的事。不過……」他聳聳肩。「可以消磨一下時光，誰知道呢？」

喬治回答說：「好的，主人。」然後退出去。

白羅伸手拿過話筒，鈴聲戛然而止。

「我是赫丘勒．白羅。」他氣派十足地宣告道，想要給對方留下深刻的印象。

「太好了，」對方的聲音急切地說道。是個女人的聲音，有些喘不過氣來。「我還以為你一定出門了不在家。」

「為什麼？」白羅問。

「我總覺得這年頭事事叫人沮喪。往往你迫切想找某個人，你覺得一分鐘也等不下去了，但還是不得不等。我必須立刻找到你，我急得要命。」

「那您是誰？」赫丘勒．白羅問。

那個聲音，那個女人的聲音，聽起來有些吃驚。

「你不知道？」口氣顯得難以置信。

「啊，我聽出來了，」赫丘勒．白羅答道，「你是我的老朋友，阿蕊登。」

「我現在糟透了。」阿蕊登說。

「嗯，嗯，我聽得出來。你是不是跑步了？簡直上氣不接下氣，是嗎？」

「我沒有跑步。我是指情緒。我能不能馬上去見你？」

白羅等了幾秒鐘才回答。他的朋友奧利薇夫人聽起來情緒萬分激動。不管是發生了什麼事，她一定會在這裡待上很長時間訴說她的悲傷、怨恨、沮喪及所有叫她難受的事。一旦進了白羅這方聖土，想要讓她回家是難上加難，不來點不禮貌的手段騙她出門是不行的。可以使她激動的事不計其數，常常讓人無法預料，因而跟她討論起來不得不謹慎點。

「有事讓你感到不安？」

「是的。我真的很不安，不知怎麼辦才好。我不知道……噢，我頭腦一片空白。我只覺得非要告訴你……告訴你發生的一切，因為你或許是唯一知道該怎麼辦的人。你也許能告訴我怎麼做才好。我過去好嗎？」

「當然可以，當然可以，我很高興接待你。」

對方重重地掛上話筒，白羅叫來喬治，思索了一會兒，然後叫他準備檸檬大麥茶、苦檸檬汁，又讓他給自己端杯白蘭地來。

「奧利薇夫人大概十分鐘之後到。」他說。

喬治退下。他端回來一杯白蘭地給白羅，白羅滿意地點點頭。喬治接著又端來不含酒精的飲料，不然別的東西奧利薇夫人可能都不喜歡。白羅輕輕地啜了一口白蘭地，在酷刑就要降臨之前趕緊給自己打打氣。

他自言自語地說：「她那麼神經質真令人遺憾。不過她的想法常常有獨到之處。也許要來跟我說的事情會很有趣。也許……」他沉思片刻。「今晚也許很精采，也許無聊透頂。好吧，冒冒險吧。」

鈴響了，這次是門鈴。它不是輕輕地摁一下，而是用力摁著不放，純粹在製造噪音。

「她激動過頭了。」白羅說。

他聽見喬治走過去開門，還沒等到通報，客廳的門便開了，阿蕊登．奧利薇穿著漁民戴的防水帽及油布衣之類的東西闖了進來。喬治緊跟在她身後。

「你穿的是什麼呀？」赫丘勒．白羅問，「讓喬治幫你拿著吧。太溼了。」

「是很溼，」奧利薇夫人說，「外面溼得很。我以前從未思考過水這個東西。想起來真可怕。」

白羅饒有興趣地打量著她。

「喝點檸檬大麥茶吧，」他說，「或者來杯燒酒？」

「我討厭水。」奧利薇夫人說。

白羅吃了一驚。

「我討厭水。我以前從來沒好好想過，水能用來做什麼。」她說。

「親愛的朋友，」赫丘勒．白羅說。喬治正為她脫去還在滴水的皺雨衣。「來，坐到這邊來。讓喬治給你脫下來……你穿的究竟是什麼？」

「我在康沃爾買的，」奧利薇夫人說，「是油布衣，漁民穿的油布衣。」

「當然，漁民穿著它很有用，」白羅說，「可是，我覺得對你實在不太合適。穿起來太重了。過來吧，坐下來跟我說說。」

「我不知道是怎麼了，」奧利薇夫人說著，一屁股坐下來。「有時候，你知道，我覺得一切都不是真的，但它就是發生了，真的發生了。」

「告訴我詳情吧。」白羅說。

「這正是我來的目的。可是現在來了，又覺得太難說出口，不知從何說起。」

「『一開始是……』」白羅提示道，「這麼開頭是不是有點落入俗套？」

「我不知道是什麼時候開始的，不太清楚。也許是很久以前。」

「冷靜些，」白羅道，「理一理頭緒再告訴我，什麼事讓你這麼懊惱？」

「要是換成我，你也會懊惱，」奧利薇夫人說，「至少我覺得會。」她看起來不太有自信。

「有時候人還真不知道到底是什麼使自己不安。不過你遇事一向冷靜。」

「冷靜面對是最好的辦法。」白羅說。

「好吧，」奧利薇夫人說，「一開始是舉行了個派對。」

「是嗎，」白羅說，原來是個平常的派對，他鬆了一口氣。「一個派對。你去參加派對，然後發生了一件事。」

「你知道萬聖節的派對是什麼樣子嗎？」奧利薇夫人問。

「我知道啊，」白羅說，「那是在十月三十一日。」他輕輕眨了一下眼說：「女巫騎著掃帚來。」

「是有掃帚，」奧利薇夫人說，「還發獎品呢。」

「發獎品？」

「是的，誰帶來的帚柄裝飾得最美，誰就得獎。」

白羅滿腹狐疑地盯著她。一開始聽她說起派對，他如釋重負，現在他又有些懷疑了。他知道奧利薇夫人滴酒未沾，卻又想不出是怎麼回事。換一種情況可能會好辦得多。

「是為孩子們準備的派對，」奧利薇夫人說，「或者，稱為初中入學甄試派對。」

「初中入學甄試？」

「對，以前學校是這麼稱呼的。他們要看看學生是否聰明，要是夠聰明通過了，就進中學學習；要是沒通過，就上一種『中等現代學校』。這名字太可笑了，沒有任何實質意義。」

「我不得不說，我實在是沒弄懂你在說什麼。」白羅說。

他們似乎已經告別派對的話題，進入教育領域了。

奧利薇夫人做了個深呼吸，接著說下去。

「事實上，」她說，「是從蘋果開始的。」

「哦，是嗎，」白羅說道，「那當然。你總是和蘋果分不開，是吧？」

他腦海中浮現出一個畫面，小山上停著一輛很小的轎車，一個高大的女人鑽出來，裝蘋果的包裹裂開了，蘋果沿著山坡滾落下去。

「哦，」他鼓勵她說下去。「蘋果。」

「咬蘋果，」奧利薇夫人說，「萬聖節的派對中，人們總要玩這個遊戲。」

「啊，對，我好像聽說過，沒錯。」

「你知道，會玩各種遊戲。咬蘋果啦、切麵粉啦，還有照鏡子——」

「看情人的臉？」白羅很在行地問。

「啊，」奧利薇夫人說，「你終於開竅了。」

「都和不少民間傳說有關，」白羅說，「你參加的這個派對中都安排了。」

「對，進行得相當成功。最後玩蹦龍。你知道，一大盤燃燒著的葡萄乾。我想……」她的聲音顫抖著。「我想一定是這時發生的。」

「什麼事情發生了？」

「謀殺。玩過蹦龍之後大家各自回家。」奧利薇夫人說，「就在這時，他們發現怎麼也找不到她。」

「找不到誰？」

「一個女孩。一個叫喬伊絲的女孩。所有人都大聲叫她的名字四處尋找，問她是不是和別人一起先回去了。她母親非常惱火，說喬伊絲一定是覺得累，或者不舒服，或者怎麼的自己先走了，她也太不為別人著想，連個招呼都不打……遇到這種情況，母親們總是要抱怨不停，她也毫不例外。但我們怎麼也找不到喬伊絲。」

「她不是一個人先回去了？」

「沒有，」奧利薇夫人說，「她沒有回家……」她的聲音顫抖著。「我們最後找到她，在圖書室裡。我們就是在那兒……玩咬蘋果遊戲，桶子還留在那兒，那是個大鐵皮桶。他們不想用塑膠桶。也許用塑膠桶的話事情就不會發生了，不夠重，或許就打翻了……」

「到底發生了什麼事？」白羅厲聲問。

「就是在那兒發現她的，」奧利薇夫人說，「有人，你知道，有人把她的頭按進水裡。把她的頭一直按著直到她死。她淹死……淹死在一個沒裝滿水的鐵皮桶。她跪在那兒，垂下頭去，咬著一個蘋果。我討厭蘋果，我永遠不想再見到蘋果了。」

白羅看著她。他伸手倒了一小杯白蘭地。

「喝下去，」他說，「對你有好處。」

04

奧利薇夫人放下酒杯，擦了擦嘴唇。

「你說得對，」她說，「還真管用。我剛才有點歇斯底里。」

「我明白了，你受了一場不小的驚嚇。是什麼時候出的事？」

「昨晚。真的是昨天嗎？是的，是的，沒錯。」

「然後你就來找我了！」

這句話不像在詢問，只是表明一種想要了解更多的欲望。

「你來找我……為什麼？」

「我想你會有辦法的。」奧利薇夫人答道，「你知道，這……這件事不單純。」

「也許很單純，也許不單純，」白羅說，「很難說。你要不要和我說詳細一些。我想你們一定報警了，也叫了醫生。他怎麼說？」

「需要開驗屍審訊。」奧利薇夫人回答。

「那自然。」

「明後天舉行。」

「那個叫喬伊絲的女孩子多大？」

「我不很清楚。可能十二、三歲吧。」

「個頭小嗎？」

「不，不會，我覺得與同齡人比，算成熟了，挺豐滿的。」奧利薇夫人回答。

「也就是發育良好？看上去很性感？」

「對，是的。不過我覺得不屬於那一類案件。如果是，那就簡單多了，對不對？」

「那類案件每天報上都有。女孩子受到騷擾、中小學生被殺……對，每天都有。但發生在一般民宅就不太一樣了。也或許沒有多大差別。你是不是還有事沒告訴我。」

「是的，是有，」奧利薇夫人說，「我還沒告訴你原因，我來找你的原因。」

「你認識這個喬伊絲，和她很熟？」

「我根本不認識她。我最好解釋一下我為什麼去那兒了。」

「是哪兒？」

「哦，一個叫伍利社區的地方。」

「伍利社區？」白羅思索了一陣。「最近……」他停住了。

「它離倫敦不遠。大約……嗯，三、四十英里吧，我想。離曼徹斯特更近。那裡有一些不錯的房子，但仍在建一大批新建築。是個住宅區。附近有一所不錯的學校，人們可以坐火車往返於倫敦或曼徹斯特。是一個中上收入階級住的地方。」

「伍利社區。」白羅重複了一遍，若有所思。

「我在那裡的一個朋友家小住。她叫茱迪·巴特勒，是個寡婦。我今年乘船旅遊時認識她，成為朋友。她有個女兒，叫米蘭達，十二、三歲吧。她請我去她那裡玩幾天，說有個朋友要給孩子們舉辦一個派對，是萬聖節派對。她說也許我能出些有趣的主意。」

「啊，」白羅問，「這次她沒有讓你安排什麼謀殺案之類的遊戲吧？」

「謝天謝地，沒有。」奧利薇夫人說，「你以為我會答應再幹一次這種事？」

「我也覺得不太可能。」

「但還是出事了，真是可怕，」奧利薇夫人說，「我是說，不會是因為我在那裡就出事吧？」

「我想不會。不過……在場的有人知道你的身分嗎？」

「有，」奧利薇夫人答道，「一個孩子提起我的書，還說他們喜歡看謀殺案。這就是……啊，這就是為什麼……我是說為什麼我來找你。」

「這個你還沒告訴我。」

「嗯，你知道，我一開始沒想到，沒有馬上想到。孩子們有時做事很奇怪。我是說，有些孩子很奇怪，他們……嗯，我猜想，也許他們在精神病院之類的地方待過，但已經被送回家讓他們過普通生活，於是他們幹了這種事。」

「有兩個男孩，可以說是青年人吧，警察在報告中常這麼稱呼他們。大概十六到十八歲之間。」

「派對中有青年人嗎？」

「也許是他們其中之一幹的。警察怎麼看？」

「他們沒說，」奧利薇夫人答道，「但他們看上去是這麼認為。」

「叫喬伊絲的女孩很迷人嗎？」

「我不覺得，」奧利薇夫人說，「你是說對男孩子來說很迷人吧？」

「不，」白羅說，「我是指……嗯，就是字面意思。」

「我覺得她不太可愛，」奧利薇夫人說，「你不會想多和她說話。她愛炫耀，好吹牛。我覺得這個年齡挺討厭的。我這麼說有點過分，不過……」

「在分析謀殺案時，描述被害人的性格沒什麼過分不過分的，」白羅說，「這是非常、非常必要的。被害人的性格是許多謀殺案發生的原因。當時房子裡有多少人？」

「你指的是參加派對的人？嗯，我記得有幾位母親、一位教師、一位醫生的妻子或者妹妹，還有幾個中年人、兩個約十六到十八歲的男孩、一個十五歲女孩，另外兩三個十一、二歲的女孩，還有五、六個女人……差不多就這些了。一共可能是二十五到三十人左右。」

「有陌生人嗎？」

「我覺得他們都互相認識。有些熟一點，有些不那麼熟罷了。好像女孩們都在同一所學校上學。有幾個女人是來幫忙準備食物。派對結束時，大多數的母親都帶著孩子走了。我和茱迪・巴特勒還有另外幾個人留下來幫任娜・德雷克（主辦者）打掃，以便明天上午清潔女工來的時候不至於那麼一片狼藉，要知道，到處都是麵粉、餅乾包裝紙之類的東西。我們簡單打掃一下，最後來到圖書室。就在這時……我們發現了她。後來我記起了她說過的話。」

「誰說過的話？」

「喬伊絲。」

「她說什麼了？我們現在要談到重點了，是嗎？我們要談到你為什麼來這裡？」

「對。我想起來了，告訴醫生或警察或者別的任何人可能都沒什麼意義，但告訴你也許就不一樣了。」

「那麼，就告訴我吧，」白羅說，「是喬伊絲在派對上說了什麼話嗎？」

「不是……是那天說的沒錯，但時間要更早，是在下午我們幫忙準備的時候。在他們談論完我的謀殺小說之後，喬伊絲說：『我看見過一次謀殺。』她母親還是別人說：『別傻了，喬伊絲，怎麼說這種傻話。』一個年紀大點的女孩說：『你不過是編的罷了。』而喬伊絲說：『我真的看見了。真的。我看見有人殺人。』但沒有人相信她的話。他們都嘲笑她，她非常生氣。」

「你當時相信嗎？」

「不信，當然不相信。」

「我明白了，」白羅答道，「對，我明白了。」

他沉默了一陣，一根指頭輕輕地敲著桌子。然後說：「我問你，她沒有細說……沒有提到人名嗎？」

「沒有。她繼續吹噓著、大聲叫著，別的女孩子都笑她，她變得十分氣憤。我覺得，那些母親以及年紀大一些的人對她都很惱火。而其他女孩和男孩都嘲弄她！他們說什麼：『接著說吧，喬伊絲，是什麼時候？你以前怎麼從沒告訴我們？』喬伊絲說：『我忘了，過了那麼久了。』」

「啊哈！她說是多久以前？」

「好多年以前，」她回答說，「你知道，她說話可像個大人呢。『那你當時怎麼不去告訴警察呢？』一個女孩子問。好像是安兒，或者貝翠絲，反正是個很高傲自大的女孩子。」

「啊哈，她怎麼回答的？」

「她回答說：『因為當時我不知道那是謀殺。』」

「這話很有意思。」白羅說，他坐得比先前更端正了。

「這時她有點惱火了，我認為，」奧利薇夫人說道，「因為大家都譏諷她，她努力想解釋，而且十分生氣。他們一再問她為什麼不去報警，她一直說：『因為我當時不知道那是謀殺。後來有一天我突然明白了我看到的一切。』」

「但是沒有任何人相信她的樣子……連你自己也不相信她。但見到她死了，你突然覺得她說的也許是實話，是嗎？」

「是的，沒錯。我不知道我應該做什麼，或者我能做什麼。後來我就想到了你。」

白羅嚴正地點點頭表示感謝。他沉默了一會，然後說：「我必須向你提一個嚴肅的問題，你考慮一下再回答。你認為這個孩子真的目睹了一樁謀殺案嗎？或者你覺得她只是認為自己看見過？」

「我覺得是前者，」奧利薇夫人說，「但當時我不這麼認為。我只是猜測她模糊地記得曾經見過某件事，然後添枝加葉使它聽起來很重要、很刺激。她變得非常激動，一直說：『我真的看見過，告訴你們，我的確親眼目睹。』」

「於是……」

「於是我來找你了，」奧利薇夫人說，「因為她遭受謀害的唯一理由，是真的出過一樁謀殺案，而她是目擊者。」

「那就涉及到一些事情。意味著參加派對的某個人下了毒手。這個人那天早些時候一定也在，並且聽見了喬伊絲的話。」

「你不會覺得我是在胡思亂想吧？」她問，「你是不是覺得我在異想天開？」

「一個女孩被謀殺，」白羅說，「殺她的人有足夠的力氣把她的頭按進一桶水中。這是個狠毒的凶手，而且，怎麼說呢，一看準時機，他就馬上下手。他害怕了，一找到機會他就毫不遲疑。」

「喬伊絲不知道凶手是誰，」奧利薇夫人說，「我是說，她要是知道當事人在房間裡，她一定不會說的。」

「對，」白羅答道，「你說得對。她看見了一樁謀殺案，但她沒看見凶手的臉。不過我們要再深思一些。」

「這是什麼意思？」

「有可能那天有人聽見了喬伊絲的話，他知道誰是凶手，因為凶手與他有密切的關係。也許他一直以為只有自己知道他的母親或者妻子、女兒或者兒子的所作所為。也許這是個女人，她清楚她丈夫、母親、女兒或兒子是凶手。她以為除了自己再沒有人知道。而這時喬伊絲說出來了……」

「於是……」

「喬伊絲非死不可？」

「是的。你有什麼打算？」

「我剛剛終於知道，」赫丘勒・白羅說，「為什麼伍利社區聽起來那麼耳熟了。」

05

赫丘勒．白羅的目光越過大門，往松冠居裡看去。這是一所新式的可愛小房屋，蓋得很不錯。他有點上氣不接下氣。因為面前這所整潔的小房子與它的名字十分相稱，是依山頂而建，山頂上稀疏地種著幾棵松樹。它有一個布置得井井有條的小花園，一個身材高大的老人拿著一只鐵皮水罐正沿路澆水。

刑事主任史彭斯如今已非兩鬢斑白而已，他根本已是滿頭銀髮，不過腰圍不見變小。他停下手中的工作看了看門口的客人。赫丘勒．白羅一動不動地站在那裡。

「上帝保佑，」史彭斯主任說道，「是他！他怎麼可能來呢？但就是他。對，一定是。是赫丘勒．白羅，到死我也不會弄錯。」

「啊哈，」赫丘勒．白羅叫道，「您認出我了，真叫人高興。」

「衷心祝福你的鬍子永遠生生不息。」史彭斯笑道。

他放下水罐走到大門口。

「邪惡的毒草，」他說，「是什麼風把你吹到這兒的？」

「這股風把我吹到過許多地方，」赫丘勒·白羅回答，「它在很久很久以前也把你吹去找過我[3]。是為了一樁謀殺案。」

「我一天到晚在謀殺，」史彭斯說，「謀殺雜草。我如今剛好在做這件事。我現在天天用剪草機。這沒有你想像的簡單，總有地方不盡如人意，通常是天氣。不能太溼，又不能太乾燥什麼的。你怎麼知道上這兒來找我？」

他一邊問一邊開了門，白羅走了進去。

「你給我寄過一張聖誕賀卡，上面有你的新地址。」

「哦，對。你看，我這人挺老派的，耶誕節的時候還是喜歡給老朋友寄賀卡。」

「我很喜歡。」白羅答道。

史彭斯感嘆道：「我老囉。」

「我們都不年輕了。」

「你的白髮還不多。」史彭斯說。

「我染過啦，」赫丘勒·白羅回答說，「沒有必要頂著滿頭白髮出現在公共場合，除非自己喜歡。」

「嗯，我覺得烏黑的頭髮跟我本人不太相稱。」史彭斯說道。

「我也覺得，」白羅答道，「滿頭銀髮會讓你看來更氣派、更優越。」

「我哪是什麼優越的人物。」

「我覺得是。你怎麼住到伍利社區了？」

「實際上我是來這裡『投靠』妹妹的。她丈夫去世了，孩子們都結婚了住在海外，一個在澳大利亞，另一個在南非。於是我就搬來了。如今退休金不太夠用，但兩個人住在一處就好用得多。來，坐下來談。」

他帶白羅走到鑲著玻璃的小陽台，那裡放了幾把椅子，還有一兩張桌子。

「來點什麼？」史彭斯問，「我們這裡恐怕沒有時髦的玩意兒。沒有黑醋栗或薔薇果糖漿之類你專用的飲料。啤酒行嗎？不然我讓艾思佩給你沏杯茶？還是我給你弄杯混合飲料或者可樂。可可奶？我妹妹艾思佩喜歡喝可可奶。」

「非常感謝。我就來杯混合飲料吧。是薑啤和啤酒混合而成的，對吧？」

「沒錯。」

他回到房間裡，很快取來了兩個大玻璃杯。

「我也來點。」他說。

3 參克莉絲蒂的《麥金堤太太之死》一書。

他搬了把椅子到桌子旁坐下，把兩杯酒放在他和白羅面前。

「你剛才說什麼來著？」他一邊說一邊舉起酒杯。「我們不會說『為了一個謀殺案』，我這輩子就是與謀殺案為伍。你說的大概是那樁案件吧，我猜你準是為它而來，因為我想不起最近還發生過什麼其他案件。我不喜歡那個案子的發生方式。」

「對。我知道你不會喜歡。」

「我們是在談論那個被按進水桶的孩子吧？」

「是的，」白羅說，「我說的正是這個案子。」

「我不明白你為什麼來找我，」史彭斯說，「如今我和警方毫無關係。我很多年前就退休了。」

「一朝當警察，」赫丘勒．白羅說，「永遠是警察。也就是說，你除了做一個普通人以外，還往往會從一個警察的立場看問題。我這樣說，也是自己有親身體會。我在我的國家最初也是當警察。」

「對，沒錯，我記得你告訴過我。嗯，我覺得一個人的看法有他一定的主觀，但是我和他們很久沒打交道了。」

「但是據說，」白羅說，「你在警界還是有不少朋友。你能打聽到他們的想法，對什麼產生懷疑以及他們所了解的情況。」

「人們了解的東西太多了，」他嘆了口氣說道，「這是當今社會的一大問題。倘若出現一個案件，做案的手段比較常見，那就意味著辦案的警察知道做案者可能是誰。他們不告訴報紙的記者，而自己進行調查，於是把案情弄清楚了。但他們是否要更進一步，就不那麼簡單了。」

「你指的是那些太太、女朋友之類的？」

「某部分，是的。最後，她們也許都能嫁出去，有時得過一兩年。我得說，白羅，這年頭的女孩嫁錯丈夫的比例，是比我們以前高囉。」

赫丘勒．白羅撚著鬍鬚沉思起來。

「對，」他回答說，「我可以想像。正如您所說的，女人向來偏愛壞壞的小子，但在過去有人保護監督她們。」

「完全正確。人們都照看著她們。她們的母親監督著她們。嬸嬸、姨媽以及姐姐們都監督著她們。弟妹們也都知道一切情況。她們的父親也絕不反對把一個不合適的年輕人踢出門外。當然囉，以前也出現過女孩子跟某個壞人私奔的情況。如今他們連私奔都沒必要了。母親們根本不知道女兒出去跟誰約會，父親們也沒人告訴他女兒和誰出去了，兄弟們知道，但他們很想『叫她出醜』。要是父母不同意，這對戀人就可以找地方官，設法獲得批准結婚，隨後，這位眾所周知的壞蛋重操舊業，向眾人、包括自己的妻子充分證明自己就是個壞蛋，這就更糟了！可是愛情總歸是愛情，女孩子就是不願承認她的得意郎君有些不良習氣、有過犯罪傾向。她會替他說謊、顛倒黑白，如此等等。是的，很難辦。我的意思是，讓我們很難辦。哦，老說過去比現在好有什麼用，我們也只能想想而已。不過，白羅，你是怎麼沾上這些事的？這不是你的轄區吧？我以前一直以為你住在倫敦。我認識你的時候你常住在那裡。」

「我還住在倫敦。我是應一個朋友奧利薇夫人的邀請才插手調查此案的。你記得奧利薇夫人嗎？」

史彭斯仰頭閉上眼睛像是在回憶。

「奧利薇夫人？想不起來了。」

「她是個作家，寫偵探小說的。仔細想想，你見過她，就在你勸我調查麥金堤太太的謀殺案的時候。你不會忘記麥金堤太太那件事吧？」

「嗯，怎麼會呢。不過那是很久以前的事了。你幫了我一個大忙，白羅，你當時真是給我幫了大忙。我求助於你，你沒叫我失望。」

「那時我不勝榮幸，簡直是受寵若驚，沒想到你竟然來找我商量。」白羅說，「我得說，有一兩次我都絕望了。我們不得不保護的那個人——在當時算是救他一命（多少年過去囉）——是個極難處理的人，是那種完全不為自己打算的人。」

「娶了那女孩，是吧？怯生生的那個。不是那個把頭髮染成金色的潑辣小姐。也不知他們過得怎麼樣了。聽說過嗎？」

「沒有，」白羅答道，「我想會過得不錯。」

「不知她看上他哪一點。」

「很難了解，」白羅答道，「不過這就是最大的安慰。一個男人，無論他多麼沒有吸引力，也總有某個女人看中，覺得他有魅力。只能說……或者只能希望，他們婚後過得幸福。」

「要是得和母親住在一起就難說了，誰知道從此能不能生活幸福。」

「是啊，的確如此，」白羅說，「或者和繼父生活在一起。」他又補充說。

「你看，」史彭斯說，「我們又談起過去了，都是舊事。我常常覺得那個人（現在記不起名字）應該去開葬儀社。他那張臉、那副德性真是再合適不過。可能後來就是做這一行。那女孩有些錢，是吧？對，他應該能當個很不錯的葬儀社老闆。我彷彿能看見他穿著一身黑，等著人訂殯葬用品。或許他還會滔滔不絕地告訴人家要用什麼樣的榆木（或者柚木）做棺材。但他永遠也不會因為銷售良好而致富，不會有不動產。好啦，別再老調重彈了。」他突然話鋒一轉。「奧利薇夫人。阿蕊登．奧利薇，蘋果。她是因為這個才和案件牽連上的嗎？可憐的孩子，讓人把頭按進了漂浮著蘋果的水桶，她也參加了派對吧？就是因此使她發生了興趣嗎？」

「我覺得她發生興趣倒不單單和蘋果有關，」白羅答道，「但是她當時的確在場。」

「你是說她家在這裡？」

「不，她不住在這裡。她是在一個朋友家小住。一位巴特勒夫人家。」

「巴特勒？哦，我認識她。住在教堂下面不遠的地方，是個寡婦，丈夫以前是個飛行員。有個女兒，相當好看，很有禮貌。巴特勒夫人很有魅力，對吧？」

「我還沒見過她，但是，對，我想她應該非常有魅力。」

「那這和你又有什麼關係呢，白羅？當時你不在場吧？」

「不，我不在。奧利薇夫人到倫敦來找我，她很不安，應該說是相當不安。她希望我能做點什麼。」

史彭斯主任臉上浮起一絲笑意。

「我明白了。舊事重演。我也去找過你，希望你能做點什麼。」

「而我更進了一步，」白羅說，「我來找你。」

「因為你希望我做點什麼？告訴你吧，我什麼忙也幫不上。」

「噢不，幫得上。你可以給我說說這些人。住在這兒的人，參加派對的人，參加派對的孩子們的父母。你可以跟我介紹這所學校，老師、律師還有醫生。在派對上，也許有人騙一個孩子跪在地上，笑著說：『我教你怎麼用牙齒咬住蘋果，我知道該怎麼做。』然後他或她把一隻手放在那女孩頭上。掙扎的時間不會很長，也不會有多大聲音。」

「真狠毒，」史彭斯說，「我聽說後也這麼想過。你想了解什麼？我來這裡一年了。我妹妹在這裡待的時間更長些，兩三年了。這個地方人不太多，也不太固定，來來去去的。做丈夫的不是在曼徹斯特，就是在大坎寧或周圍的某個地方上班。他們的孩子在本地上學。丈夫要是換了工作，他們也許就搬到別處去了。這裡人口不固定。有些人住了很久，像小學老師奧姆琳小姐，還有弗格森醫生等。但大體而言，變動極大。」

「你的話我非常贊成，這實在太狠毒、太卑鄙。不過我想請教你，這裡是否有些性格卑鄙的居民。」白羅問。

「是啊，」史彭斯答道，「一般人首先就會想到這一點，不是嗎？下一步就會問是否有這樣狠毒的青年。誰會想要掐死、淹死，或者用別的方式除掉一個僅僅十三歲的女孩子呢？而且沒有受侵害的跡象。如今每個小鎮或村莊都有不少這類的事。我忍不住又要說，似乎比我年輕時頻繁多了。當年也有精神受刺激的人，但沒有現在這麼多。大概是有很多人本該嚴格看護卻被放出來了。我們的療養院人滿為患，於是醫生們說：『讓他們過正常人的生活，回去和親戚住在一起吧。』於是這些狠毒的人，你也可以稱他們為可憐人、受盡折磨的人（叫他們什麼都無所謂），再次衝動起來。而常常一個年輕女人出來散步後，要嘛在一個坑裡被發現了屍首，要不就傻乎乎地坐上別人的汽車。一些孩子放學後沒有回家，因為他們搭乘陌生人的車，儘管三番五次受到警告仍然照搭不誤。可不是，如今這種事太多了。」

「我們所說的案件也屬於這一類嗎？」

「嗯，人們首先就會問這個問題。」史彭斯說，「可不可以這麼說：派對上有人突然衝動起來。也許他以前有過前科，也許沒有。說不定有人曾經在某個地方向小孩子襲擊過。據我所知，還沒有誰有過這種記錄……我是指業已公開的、眾所周知的。派對上有兩個人符合這個年齡層。尼可拉斯．蘭森，長得很英俊，十七、八歲的樣子。他年齡比較吻合，是從東海岸還是什麼地方來的，看上去沒什麼問題，挺正常的，可是誰知道呢？另一個是戴思蒙，因為精神問題被關押過一次。但我並不是說這有多大關係。應該是參加派對的某個人幹的，雖然我也覺得任何人都有可能從外面進來。開派對時門一般不上鎖。側門也許開著，側面落地窗也可能開著。說不定有哪位不正常的人偷偷溜進來看熱鬧。一個孩子會答應和一個不熟悉的人一起去玩咬蘋果的遊戲嗎？我覺得這得冒很大的險。不過，白羅，你還沒有解釋為什麼你攪和進來了。你說是因為奧利薇夫人，她有什麼大膽的假設嗎？」

「也不完全是大膽的假設，」白羅答道，「作家的確是熱中於大膽想像，也許，是些極不可能的假設。不過，這是她親耳聽見那女孩子說的。」

「聽見誰說的，喬伊絲嗎？」

「是的。」

史彭斯欠了欠身子看著白羅，急於知道究竟是什麼。

「我告訴你。」白羅說。

於是，他簡潔地複述了奧利薇夫人所說的情況。

「我明白了，」史彭斯撚著鬍子說，「是那女孩子說的，對吧？說她看見過一次謀殺。她說了什麼時間或者做案的方式沒有？」

「沒有。」白羅回答說。

「為什麼突然說起這事呢？」

「我想，大概是討論奧利薇夫人書中的謀殺案所引起的。似乎是一個孩子說她書中的場面不夠血淋淋，屍體不夠多。隨後喬伊絲接過話題說，她目睹過一次謀殺。」
「吹牛？你給我這種感覺？」
「奧利薇夫人也是這麼覺得。對，她是在吹牛。」
「不太可能是真的。」
「對，根本不可能是真的。」白羅附和道。
「孩子們為了吸引別人的注意力或想要取得某種效果時，往往誇大其辭或說出這種荒誕不經的話。但從另一方面來講，也可能確有其事。你不這麼認為嗎？」
「我不清楚，」白羅說，「一個孩子誇口說目擊過一件謀殺案，而僅僅在幾個小時後，她就死了。我們不得不承認，有理由相信這是真的（也許有點荒謬），中間或許存在因果關係。果真如此，那人真可謂當機立斷、毫不猶豫。」
「完全正確，」史彭斯說，「那個女孩子說起謀殺案的時候，在場的有多少人？」
「奧利薇夫人說大約有十四、五個人，也許還不止。五、六個孩子，五、六個幫忙的大人吧。但準確的資訊全都仰仗你了。」
「哦，那簡單得很，」史彭斯說，「我目前還不知道，但很容易從本地人那裡打聽到。至於那天的派對，我了解的已經不少。大體來說，主要是女人參加。父親們一般不出席孩子們的派對，但有時也去瞧瞧，或者去接孩子們回家。弗格森醫生在那兒，牧師也在。其他的就是母親們、嬸嬸、阿姨、社會工作者。還有兩位學校教師。對，我可以給你列個名單……

大約十四個孩子。最小的不超過十歲，還稱不上是少年呢。」

「你也會列出其中哪些人具有可能性吧？」白羅問。

「要是你考慮的情況屬實，就不太容易了。」

「你的意思是，你不會把重點放在誰有可能進行性侵害上，而是要找一個曾經殺人卻逃脫懲罰的人，他從未料到自己會被人發現，聽了喬伊絲的話之後才大驚失色。」

「上帝保佑，我要是能想得出是誰幹的就好了。無論重點放在哪兒，」史彭斯說，「我想不出這一帶有什麼人是殺人犯，而且殺人犯的行為舉止也沒有特別之處。」

「犯案機率大的人到處都有，」白羅答道，「看上去不像凶手的殺人犯也不少見，但他們仍是殺人犯。這種人不易受到懷疑，也很少留下什麼蛛絲馬跡，一旦得知有人親眼目睹他的罪行，當然是異常震驚。」

「喬伊絲當時為什麼不說呢？我很想知道。是有人籠絡她，讓她保持沉默嗎？這太冒險了。」

「沒有，」白羅回答說，「我從奧利薇夫人那裡聽來的是，事件發生當時，她並沒有意識到那是謀殺。」

「哦，那簡直不可能。」史彭斯說。

「不見得，」白羅答道，「說話者是個十三歲的小女孩。她是在回憶過去發生的事。具體時間我們都不清楚。也許是三、四年前，她看見了一件事，卻沒有意識到有什麼意義。很多情形都是如此。例如某次很莫名其妙的車禍，司機把車向一個人徑直開過去，那人受傷或被撞死了。當時她也許沒有意識到那是蓄意謀殺，而一兩年後聽某人說了某句話，或者她的所見所聞突然打開了她記憶的大門，她或許會想：『張三、李四或者王五是故意的。』『也許不僅僅是場事故，事實上是一場謀殺。』還有許多別的可能性。我承認有些想法是奧利薇夫人提出來的，你隨便舉出一件事，她便能輕易想起十萬種不同的解釋，其中大部分不太可能，但每一種都有那麼一點可能。在某人的茶中下藥啦，在一個危險的地點推某人一把。這一帶沒有懸崖，對於一個喜歡異想天開的人來說，這實在是一種遺憾。是的，我覺得也許有多種可能性。說不定是她看的某個謀殺故事讓她想起了一件舊事故。也許某個事故一直困擾著她，當她讀到那個故事時，她可能會說：『哦，原來是這麼回事，我不知道他（或者她）是不是故意的？』是的，可能性不少。」

「你就是來調查這各種可能性？」

「這符合大家的心願，你覺得呢？」白羅說。

「啊，我們是在維護公眾的利益。」

「你至少可以提供我一些資訊，」白羅說，「你了解這裡的居民。」

「我盡最大的努力吧，」史彭斯說，「我也會力勸艾思佩幫忙。關於這些人，沒有什麼事她不知道。」

06

白羅心滿意足地告別了這位朋友。

他想要得到的資訊會源源不斷而來……對此他深信不疑。史彭斯這種人，只要認定一條路就會堅定走下去，絕不打退堂鼓。他是刑事局退休的一名高級警官，赫赫有名，一定會在當地相關的警察機構交到不少朋友。

下一步——白羅看了看錶——十分鐘之後他要去一棟叫蘋果林的房子外面等奧利薇夫人。是啊，這名字居然那麼巧，真是不可思議。

白羅心想，可不是，好像永遠沒辦法和蘋果分開。有什麼比一顆多汁的英格蘭蘋果更好的呢……而在這裡，蘋果卻與掃帚、女巫、古老的傳說以及被謀殺的孩子緊緊聯繫在一起。

沿著別人指給他的路，白羅準時來到一棟喬治式的紅磚房外邊。房子用整齊的山毛櫸籬笆圍護起來，還有一個漂亮的花園。

他伸出手來一撥門閂進了鍛鐵的大門，門上寫著「蘋果林」幾個大字。一條小徑通向前門。彷彿一個瑞士鐘的數字自動地從鐘面上的一個小門顯示出來，前門開了，奧利薇夫人出現在台階上。

「你太準時了，」她上氣不接下氣地說，「我一直從窗戶看著你。」

白羅轉身小心地關上門。每次碰見奧利薇夫人，不論是事先約好或是偶然見到，幾乎都會出現蘋果這個主題。她要嘛是在吃蘋果，要嘛剛吃完蘋果，若不是寬闊的胸膛上安放著一個蘋果核，就是手裡正拎著一袋蘋果。而今天，竟沒有絲毫蘋果的跡象。這就對了，白羅暗暗表示滿意。要是在這裡大嚼特嚼蘋果，還真叫人不舒服。明知這裡發生了一起案件，一場悲劇，怎麼還可以這樣呢？白羅思索著。一個年僅十三歲的孩子突然被害……他不願意再想下去了。正因為不願再想，他的信念更加堅定了：他一定要仔細考慮、分析、研究這個問題，直至採取某種措施或行動，使得雲開霧散，清楚地看到他上這裡來要看的一切。

「我不明白你為何不來茱迪．巴特勒家住，」奧利薇夫人說，「偏要去住五等客房。」

「因為這樣我看問題能夠更超脫些，」白羅答道，「你也知道那句話，『只緣身在此山中』。」

「我看不出你如何不與他們接觸，」奧利薇夫人說，「你得去走訪每一個人，並與他們談話，不是嗎？」

「那還用說？」白羅笑道。

「你已經見過誰了？」

「我的朋友，史彭斯主任。」

「他現在怎麼樣？」奧利薇夫人問。

「比過去老多了。」白羅答。

「那自然，」奧利薇夫人說，「還能青春永駐嗎？他是不是耳背了、眼睛也花了？比以前胖還是瘦？」

白羅想了想說：「他瘦了一點。看報時戴眼鏡。我沒覺得他耳背，至少不明顯。」

「他對這個問題怎麼看？」

「你問得像連珠炮似的。」白羅說。

「你和他打算怎麼做呢？」

「我的行程都已安排好，」白羅說，「第一步，我去看了老朋友，和他一起探討。我讓他給我蒐集一點資訊。用別的方法恐怕很困難。」

「你是說，當地的警察中有他的朋友，他能從內部弄來不少消息？」

「這倒不一定。不過我是這麼想的。」

「然後呢？」

「我就來這裡見你，夫人，我得看看現場。」

奧利薇夫人轉頭往房子上面看了看。

「不像是會發生謀殺案的地方吧？」她問。

白羅不禁感慨：她的直覺真是從不出錯！

「是啊，」他答道，「壓根就不像。我看過現場後，就和你去探望受害者的母親。聽聽她能告訴我什麼。下午史彭斯安排我在合適的時間和本地警官談談。我也想和這裡的醫生談話。有可能的話，我還想找學校校長。六點鐘我再去史彭斯家，和他們兄妹一起喝茶、吃香腸，一塊兒聊聊。」

「你覺得他還會有什麼可告訴你？」

「我是想見他妹妹。她在這裡待的時間比他長。她丈夫死後，她才住到這裡來。或許她對本地的人都十分了解。」

「你知道你像什麼嗎？」奧利薇夫人問，「像台電腦。知道嗎？你在給自己編寫程式。他們是這麼說的吧？我是指你成天不停地輸入各種資訊，等著看結果。」

「你說的還挺有道理，」白羅饒有興趣地答道，「對呀，對呀，我還真像是台電腦。你輸入資訊……」

「要是你算出來的結果是錯的呢？」奧利薇夫人問。

「那不可能，」赫丘勒．白羅答道，「電腦不會出錯。」

「應該不會，」奧利薇夫人說，「但有時事情就是出乎意料。比如說，我上次的電費帳單。有句諺語說『人都會犯錯』。可是一旦出現意外，電腦出的錯恐怕比一般人都來得嚴重。過來見見德雷克夫人吧。」

德雷克夫人真是個人物，白羅心中暗想。她是個高眺的漂亮女人，四十出頭，微帶灰白的金髮，湛藍的眼睛，渾身上下每個毛孔都散發著能幹的氣息。她安排籌辦的任何派對，無疑都會相當成功。客廳裡擺好了咖啡和兩盤餅乾，表示正在靜候他們的到來。

他看得出來，蘋果林這棟房子管理得相當棒。家具不錯，地毯質料上乘，處處一塵不染，而且每樣值得注意的東西剎那間就映入你的眼簾，根本無須細細去搜尋。這一點真令人驚嘆。窗簾及桌布之類的顏色都很好看，也很傳統。若是有人肯出高價買下，內部隨便裝飾一下就可以，完全不必搬走什麼或者變換家具的擺設。

德雷克夫人向奧利薇夫人和白羅寒暄了幾句，白羅暗想她心中是不是非常惱火，卻努力克制住。作為一次社交活動的舉辦者，活動中卻出現謀殺的意外，不免叫她處境尷尬。然而，她的臉色幾乎沒有流露出任何情緒。白羅猜測，身為伍利社區的重要人物，最後弄得名實難副，一定叫她非常難受。本來不該發生這種事。在別人家裡、落在別人頭上還行，但在一個由她安排、籌畫、出資為孩子們舉辦的派對上，這類事萬萬不該發生，她本該採取某種措施防患於未然。白羅甚至懷疑她心底是否在竭力尋找一個理由。不是案件發生的理由，而是找出某個幫忙的人在某方面不夠用心，就是因為此人安排失誤或缺乏先見之明才會出事。

「白羅先生，」德雷克夫人說，她的聲音十分動聽，白羅暗想，這若是在一間小教室或者鄉村禮堂裡，效果一定好極了，「您能來這兒真讓我感到高興。奧利薇夫人一直說，在這次危難之中，您會提供我們莫大的幫助。」

「請放心，夫人，我會盡力效勞。不過，通過親身經歷，您無疑能了解到，這件事辦起來會相當棘手。」

「棘手？」德雷克夫人說，「當然會很棘手。發生這樣一件可怕的事，似乎不可思議。完全不可思議。我想，」她補充道：「警察局也許知道吧？我相信，拉格倫警官在本地名聲不錯。不知他們會不會向蘇格蘭警場請求援助。他們似乎是說，這個孩子之死在本地意義重大。不用我向您重複，白羅先生，您一定也和我一樣經常看報，很多農村都發生了多起孩子們的不幸事件。似乎發案率愈來愈高了。精神不穩定的人在增加，然而母親和家長一般來說，都不像過去那樣對孩子照顧得那麼周全了。孩子們放學後在漆黑的夜裡獨自回家，清早又獨自上學。而孩子們呢，無論你警告他們多少遍，若是碰上一輛漂亮的小汽車，司機一旦表示願意載人，他們就不假思索地上了。別人說什麼他們都相信。我覺得像這種情況，誰又管得了呢。」

「可是夫人，這次發生的事就大不同了。」

「噢，我懂，我懂。要不我怎麼說不可思議呢。我至今還無法相信這是真的。」德雷克夫人說，「一切都安排得好好的，有條不紊。全是按計畫來的，進展十分順利。簡直讓人覺得不可思議。我個人認為是有不速之客。某個人走進來——在當時的情況下很容易——必定是某個精神錯亂的人，剛剛從精神病院放出來，因為醫院容不下他們了（據我所知），必須給新病人騰地方。趴在窗戶上，誰都看得見裡面正在為孩子們舉辦派對，而這個可憐的傢伙（要是真同情這種人，便會這麼稱呼他們，但我有時無法憐憫他們）不知怎麼就把這孩子騙走、殺掉了。無法想像居然會發生這種事，但就是發生了。」

「也許您可以指給我看是在哪裡……」

「當然可以。不再來點咖啡嗎？」

「謝謝，不用。」

德雷克夫人站起身說：「警察大致判斷是在玩蹦龍的時候發生的，那是在餐廳。」

她穿過大廳，開了餐廳的門，用手指著巨大的餐桌和深色天鵝絨窗簾，那架式似乎是一個顯赫家族的貴婦人在盡地主之誼，向一幫坐遊覽車來的觀光客講解。

「當時這裡一片漆黑，當然囉，除了熊熊燃燒的一盤葡萄乾。然後……」

她又帶他們穿過大廳，打開一個小房間的門，裡面有些扶手椅、體育雜誌和一些書架。

「這是圖書室，」德雷克夫人說道，聲音有點顫抖。「水桶在這裡。下面鋪了一層塑膠布，當然囉……」

奧利薇夫人沒有陪他們進去。她站在外面大廳裡。

「我不能進去，」她對白羅說，「那會讓我想起好多事。」

「現在沒什麼好看的了，」德雷克夫人說，「我只是按照您的意思，帶您來看看出事地點。」

「我想，」白羅說，「當時一定有水，一地的水。」

「桶裡當然有水。」德雷克夫人說。

她看著白羅，似乎在想，他是不是有點心不在焉。

「塑膠布上一定也有水。我是說，要是孩子的頭被按在水裡，必定會濺出許多水。」

「嗯，對，玩咬蘋果遊戲的時候，桶裡就加了一兩次水。」

「是誰幹的呢？他身上一定也弄溼了。」

「對，對，我也這麼想。」

「沒有人特別注意到嗎？」

「有的，有的。警官也問起同樣的問題。要知道，派對結束時幾乎每個人都弄得衣衫不整，全身溼透了，並且沾滿了麵粉。似乎沒有什麼有用的線索……我是指警察們覺得。」

「不，」白羅答道，「我覺得唯一的線索在於這孩子本身。我希望您告訴我您所了解的她。」

「關於喬伊絲？」

德雷克夫人看上去有些吃驚。似乎在她心目中，喬伊絲早已退到很遠很遠的角落，突然有人提起她，使德雷克夫人嚇了一跳。

「被害人的個性通常都很重要，」白羅說，「因為被害人往往是案件發生的原因所在。」

「是嗎？哦，我想我明白您的意思了，」德雷克夫人回答（顯然她不明白），「我們回客廳談好嗎？」

「去那兒您再跟我說說喬伊絲的情況吧。」白羅說道。

他們回到客廳坐下來。德雷克夫人顯得很不舒服。

「我真的不知道您希望我說什麼，白羅先生。」她說，「所有的相關資訊都可以從警察局或喬伊絲的媽媽那裡得到。可憐的人，她一定會痛苦不堪，但……」

「但是我需要的，」白羅回答說，「不是一位母親對死去女兒的評價。而是想從一位深諳人類本性的智者那裡得到清晰、客觀的分析。夫人，我聽說您一直積極參與慈善活動。我相信，沒有人能比您更公正地對一個熟人做出評價。」

「噢，這有點困難。我是說，這麼大的孩子……她十三歲了吧，十二、三歲的樣子。這個年齡層的孩子都差不多。」

「哦不，不一樣，」白羅回答，「在性情上他們差別極大。您喜歡她嗎？」

德雷克夫似乎覺得這個問題令人尷尬。

「嗯，當然囉，我……我喜歡她。我是說，嗯，我愛所有的孩子。一般人都這樣。」

「啊，我不同意您的說法，」白羅說，「有些孩子我覺得根本不討人喜歡。」

「這個嘛，我同意，現在的家庭教育都不太好。似乎把一切責任都交給學校，他們當然都給慣壞了。自己選擇朋友，還有……哦，一言難盡，白羅先生。」

「她是不是個好孩子？」白羅堅持問道。

德雷克夫人不無譴責地盯著他。

「白羅先生，您得了解，那可憐的孩子已經死了。」

「不管她是死是活，這點是很重要的。如果她是個好孩子，也許沒有人會想殺她；但如果她不是個好孩子，或許有人就想殺她，而且真的動手了……」

「嗯，我想，這不會是個太嚴重的問題，對吧？」

「未必。我也聽說她口口聲聲表示看見過一樁謀殺案。」

「哦，那個呀。」德雷克夫人不無鄙夷地說。

「您沒有把那句話當真？」

「嗯，當然。蠢話一堆。」

「她為什麼要說這種話呢？」

「啊，可能因為奧利薇夫人在這兒，他們全都興奮不已。別忘了，您可是大名鼎鼎，親愛的。」德雷克夫人對著奧利薇夫人說。

她最後那句「親愛的」並未包含多大熱情，聽起來冷冰冰。

「要不是這樣，大家怎麼也不會說起這個話題。可是見到了著名的大作家，孩子們太興奮了……」

「於是，喬伊絲說她目擊了一樁謀殺案。」白羅若有所思地說。

「對，她是說了諸如此類的話。但我沒怎麼注意聽。」

「但您記得她的確說過，是嗎？」

「嗯，對，她說了。不過我不相信。」德雷克夫人說，「她姐姐馬上就要她閉嘴，做得對。」

「而她很生氣，是嗎？」

「是的，她繼續辯稱她沒說假話。」

「事實上她在吹牛。」

「這麼說也可以。」

「我覺得或許是真的。」白羅說。

「胡說八道！我絲毫都不相信。」德雷克夫人回答說，「喬伊絲就愛說這種傻話。」

「她很傻嗎？」

「啊，我覺得她就是愛炫耀。」德雷克夫人說，「您知道嗎，她向來喜歡表現自己見多識廣。」

「這種性格不大討人喜歡。」白羅回答說。

「沒錯。」德雷克夫人說，「這種孩子，不得不老叫她閉嘴。」

「在場的別的孩子說什麼呢？他們相信嗎？」

「他們嘲笑她，」德雷克夫人說，「因此，她就更加變本加厲。」

白羅站起身說道：「啊，我很高興您對這一點看法十分明確。」他很有禮貌地向她一鞠躬。「再見，夫人，非常感謝您允許我參觀了這樁憾事的發生地點。希望不會勾起您過多不愉快的記憶。」

德雷克夫人回答說：「想起這種事哪能不傷心？我很希望我們小小的派對能獲得成功。事實上進行得確實不錯，大家都相當開心，誰知道就發生了這件事。然而，現在唯一能做的就是努力忘掉它。真遺憾。喬伊絲怎麼沒事說起謀殺之類的傻話。」

「伍利社區發生過謀殺案嗎？」

「我記憶中沒有。」德雷克夫人斬釘截鐵地說。

「我們生活在一個犯罪率不斷高升的時代，」白羅說，「就這點來說，伍利社區還真是很特別，對吧？」

「啊，我想起來了。有個卡車司機殺死了一個同伴……似乎是這樣。還發現過一個小女孩被埋在十五英里外的石洞裡，不過都是許多年前的事。都很卑鄙，也沒什麼意思。主要是酒後亂性造成的吧。」

「這類案件被一個十二、三歲的小女孩看見的可能性很小。」

「應該說根本不可能。我可以明確地告訴您，白羅先生，那孩子那樣說，純粹是為了壓過其他孩子，也許還想引起這位名人的注意。」她冷冷地盯著奧利薇夫人。

「說來說去，」奧利薇夫人說，「都是我的錯，我真不該參加派對。」

「噢，不是，親愛的，我不是那個意思。」

和奧利薇夫人並肩走出屋子時，白羅嘆了口氣。

「這裡太不像是個發生謀殺案的地點，」他們沿著小路向大門口走去時他說，「既沒有那個氛圍，又沒有驅之不散的悲劇色彩，也沒有值得謀殺的人物，不過我禁不住設想，或許有人想殺德雷克夫人。」

「我明白你的意思。她有時候太令人討厭了，那麼自鳴得意、目中無人。」

「她丈夫是什麼樣的人？」

「哦，她是個寡婦，丈夫一兩年前死的。他得了骨髓炎，跛了好多年。原本大概是個銀行家，很喜歡體育活動，殘廢了之後不得不放棄，他非常惱怒。」

「是啊，」他回到喬伊絲這個主題上來。「告訴我，有沒有人聽見喬伊絲的話後，將它當真了？」

「我不知道。我覺得好像沒有。」

「比如說哪個孩子？」

「啊，我正在想。不，我覺得他們都不相信喬伊絲的話，他們覺得她在瞎編。」

「你也這麼認為嗎？」

「嗯，我真的這麼認為。」奧利薇夫人說，「當然囉，」她補充道：「德雷克夫人寧願相信謀殺案沒有發生，但天不從人願，不是嗎？」

「這件事可能很叫她傷心。」

「我想也是，」奧利薇夫人說，「但我覺得到目前為止，你看，她實際上對此事還挺津津樂道。我認為她藏不住話。」

「你喜歡她嗎？」白羅問，「你覺得她是個善良的女人嗎？」

「你的問題太難回答了，叫人尷尬，」奧利薇夫人說，「似乎唯一讓你感興趣的就是一個人是否善良。任娜·德雷克是個喜歡發號施令的人，好管事、好管人。應該說，她等於支配著這整個地方，但是管得有條有理。這要看你是否喜歡這種愛發號施令的女人了。我不太……」

「我們馬上就要去拜訪的喬伊絲的母親呢？」

「她十分善良，不過挺笨的。我為她感到難過。女兒讓人謀殺了，真是悲哀，對吧？況且大家都認為和性犯罪有關，那更糟糕。」

「但是沒有性侵害的證據吧？」

「沒有，不過人們老愛揣測是發生了這類事，更刺激些嘛。你知道人的天性。」

「也是。不過有時候，嗯，我們也不太清楚。」

「找我的朋友茱迪·巴特勒帶你去看雷諾茲太太豈不更好？她跟雷諾茲太太很熟，而我根本不認識她。」

「我們按計畫行動。」

「電腦程式繼續運轉。」奧利薇夫人憤憤地嘀咕道。

07

雷諾茲太太和德雷克夫人形成鮮明的對比。她看起來一點也不精明強悍，事實上似乎也是如此。

她穿著黑色的喪服，手中緊緊抓著一條溼漉漉的手絹，準備隨時擦拭滾落下來的淚珠。

她對奧利薇夫人說：「您能帶朋友來幫忙真是太好了。」

她把溼漉漉的手伸向白羅，又疑惑地看著他說：「要是他能幫得上忙，我會感激不盡，雖然我覺得誰也沒有回天之力。可憐的孩子，任誰也不能再把她救活了。想起來真可怕。怎麼就隨隨便便殺死這麼一個小孩子呢？要是她叫一聲就好了，不過我想那人是把她的頭直接按進水裡，一直壓住。噢，想起來真受不了，我真不敢想像。」

「夫人，我並不想讓您難過，請不要再想了。我只想問您幾個問題，也許，也許有利於找到殺死您女兒的凶手。您自己大概猜不出凶手是誰吧？」

「我怎麼會知道呢？我是說，我無法想像凶手是本地人。這個地方那麼好，人都那麼善良。我覺得可能就是有人……有壞人從窗口跳進來。要不，他就是吸了毒什麼的。他看見燈亮著，在開一個派對，於是就溜進來了。」

「您確定凶手是男的？」

「啊，應該是男的。」雷諾茲太太似乎吃了一驚。「我相信是的。不可能是女的吧，怎麼可能呢？」

「女人也有力氣大的。」

「嗯，我好像聽明白您的意思了。您是說，現在的婦女比過去強壯些。但我相信她們不會幹這種事。喬伊絲還是個孩子，才十三歲。」

「夫人，我不想打擾您太久，也不想問一些很難回答的問題。這些問題警察一定也問過，我不希望讓您沉湎於痛苦的回憶中。只是您女兒在派對上說過一番話，當時您本人大概不在場吧？」

「哦，是，我不在。最近我的身體一直不太好，參加孩子們的派對往往很耗精力。我開車把他們送去，後來又去接他們回家。您知道，三個孩子一塊兒去的。大的是安兒，十六歲了，利奧波快十一歲了。您想要知道喬伊絲說了什麼話？」

「奧利薇夫人在場，她可以證明您女兒確實說過一些話。我想，她是說她曾經目擊過一樁謀殺案。」

「喬伊絲？噢，她怎麼說這種話？她怎麼可能親眼看到一樁謀殺案呢？」

「嗯，每個人似乎都覺得不可能，」白羅說，「我只是想問您是否可能。她有沒有向您提過？」

「說看見謀殺案？喬伊絲說的？」

「您千萬別忘了，」白羅說，「喬伊絲這個年齡的孩子常常濫用『謀殺』這個字眼。比如說有人被車撞了，或者一群孩子在一起打鬧，有人被推進河裡啦等等。這種事往往不是故意的，後果卻非常不幸。」

「啊，我不記得喬伊絲看過這類事情，她從未向我透露過半個字。她一定是在開玩笑。」

「她相當肯定，」奧利薇夫人說，「她一再堅持說是真的，她看得很真切。」

「有人相信嗎？」雷諾茲太太問。

「我不清楚。」白羅回答說。

「我覺得他們不相信，」奧利薇夫人說，「或者他們可能不想……嗯，不想表示相信，以免她說得更帶勁。」

「他們都有點嘲諷她，說那全是騙人的。」白羅說著，他可沒有奧利薇夫人那麼善解人意。

「天哪，他們怎麼能這樣，」雷諾茲太太說，「好像喬伊絲連這種事都要撒謊似的。」

她感到十分難堪，臉一下子紅了。

「我明白，這也是不太可能，」白羅說，「這樣的可能性是不是更大：她或許弄錯了，她目睹了一件事，讓她以為是謀殺案。或許是某個意外。」

「若真的如此，她應該會跟我說起吧？」雷諾茲太太仍然感到難為情。

「是啊，」白羅說，「以前她從沒提起過？也許您忘了吧。一些不太重要的事往往容易忘記。」

「你是指什麼時候？」

「這我們不知道，」白羅說，「這是我們的難處之一。也許是三週前，也許是三年前。她說當時她還『很年輕』。一個十三歲的女孩說『很年輕』，究竟是指什麼時候？您想不起這一帶有過什麼轟動的事件嗎？」

「想不起來，沒有。我是說，聽說過不少，在報紙上也看見過。您知道，我指的是婦女遭到襲擊，或者某個女孩和情人私奔之類的事。但我不記得有什麼重大的事故，沒什麼好讓喬伊絲感興趣的。」

「但要是喬伊絲堅持說她目擊過謀殺案，您覺得她真的這麼認為嗎？」

「她要不是這麼認為，她怎麼會說呢？」雷諾茲太太說，「我覺得她一定是弄混了。」

「對，有可能。我能不能，」他問道：「問問您的另外兩位孩子？」

「當然可以，雖然我不清楚您希望從他們口中問到什麼。安兒在樓上做作業，想拿『優等』，利奧波在花園裡裝飛機模型。」

利奧波長著結結實實的胖臉蛋，他似乎完全沉浸在機械構造之中。問了半天他才集中起注意力。

「利奧波，你當時在場是嗎？你聽見了姐姐的話，她說什麼了？」

「哦，你是說那個謀殺案？」聽起來他一點也提不起興趣。

「是的，沒錯，」白羅回答說，「她說她看過一樁謀殺案。是真的嗎？」

「不，當然不是真的。」利奧波說，「她到底見到誰被殺呢？喬伊絲就是那樣。」

「喬伊絲就是那樣？什麼樣？」

「愛吹牛，」利奧波說，他一邊繞著線，鼻孔裡一邊喘著氣。「她好笑得要命，」他又說：「要知道，她最愛說話唬人，好引起別人的注意。」

「你真的覺得她全是編的嗎？」

利奧波轉臉盯著奧利薇夫人。

「我覺得她是想要給您留下深刻印象，」他說，「您寫偵探小說，不是嗎？我認為她只是說說而已，她想讓您更注意到她。」

「她習慣這麼做，是嗎？」白羅問。

「嗯，她什麼都敢說，」利奧波說，「不過我打賭沒人相信她。」

「你注意聽了嗎？你覺得有人不信？」

「啊，我聽見她的話，不過沒太在意。貝翠絲笑她，凱西也是。他們說『全是胡說』還是什麼的。」

看來從利奧波口中打聽不出更多消息了。他們上樓去找安兒。安兒看上去遠不止十六歲，她正趴在桌上，面前展開著好幾本書。

「是的，我參加了派對。」她說。

「你聽到妹妹說了什麼謀殺案嗎？」

「嗯，聽見了。不過，我沒太留心。」

「你覺得不是真的？」

「當然不是。這兒幾個世紀都沒發生過謀殺案。好多年都未發生過真正的謀殺案了。」

「那你覺得她為什麼要說呢？」

「吹牛嘛。她以前最愛炫耀。她編過一個去印度旅行的精采故事。我叔叔曾經去過，她假裝是和他一塊兒去的。學校裡許多女孩子還真的相信了。」

「那麼，你記不記得過去三、四年，這一帶發生過什麼你們稱之為謀殺案的事？」

「沒有，只是些普通的事，」安兒回答說，「我說的是，那種天天在報上看見的消息。而且也不是真的發生在本地，我覺得，通常都在曼徹斯特。」

「你覺得誰會殺死你妹妹呢，安兒？你一定了解她有哪些朋友、有誰不喜歡她。」

「我想不出誰要殺她。我覺得一定是哪個精神不正常的人。別人都不會，對吧？」

「誰……和她吵過架，或者與她不和？」

「您是說與她不和的人？我覺得這問題很傻。誰會有真正不和的人呢？只是有些人你不喜歡。」

他們倆走出房間時，安兒說：「我不想說喬伊絲的壞話，因為她已經死了，這樣做不好。可是你們要知道，她的確太愛撒謊了。這樣說她壞話我很抱歉，但這是實話。」

「我們取得什麼進展了嗎？」離開這家人時，奧利薇夫人問。

「雖然沒有，」赫丘勒·白羅說，「但挺有意思的。」他沉思著說。

奧利薇夫人似乎不敢苟同。

08

六點鐘，在松冠居，赫丘勒・白羅將一片香腸送進嘴裡，緊接著又啜了一口茶。茶很濃，很不合他的口味，而香腸非常可口，做得好極了。他飽含感激的目光落在桌子對面手執棕色大茶壺的麥凱夫人身上。

艾思佩・麥凱與其兄史彭斯主任要說多不像就有多不像。他高大魁梧，她卻瘦骨嶙峋。她的臉又瘦又尖，顯得精明強悍，似乎時時審視著周遭的一切。她瘦得簡直無法形容。不過，他們倆之間還是有某種相似之處。主要是眼睛，以及輪廓分明的下巴。不論史彭斯或麥凱夫人都很有眼光，見多識廣，只不過表達方式不同。史彭斯主任經過深思熟慮才會開口，一板一眼、字斟句酌。麥凱夫人卻伶牙俐齒，反應之靈敏如同貓向老鼠飛撲而去。

「這事和這孩子的性格，關係很大。」白羅說，「喬伊絲・雷諾茲真令我迷惑不解。」

他用詢問的目光打量著史彭斯。

「別問我，」史彭斯說，「我待在這裡的時間不長。最好問艾思佩。」白羅看看桌子對面，眉頭上揚。麥凱夫人照例果斷地說：「應該說她是個十足的小騙子。」

「她說的話你都無法相信？」

艾思佩毫不遲疑地點點頭。

「是的，完全無法叫人相信。她很會編故事，而且編得天衣無縫。我從不相信她。」

「編故事的目的就是為了賣弄？」

「沒錯。有人跟你說她去印度的事吧？除此之外還有不少。說是全家人去度假，到國外某個地方去。我也搞不清是她父母或叔叔嬸嬸去了那裡，反正她過完假期就說跟著一塊兒去了。說得繪聲繪影，什麼見到了印度君王啦、射死了一隻老虎啦，還有許多大象等等⋯⋯啊，簡直生動極了，許多人都信以為真。但我一聽完就知道她添枝加葉，原以為她只不過是有點誇張。可是每講一回，數目就增加一回，打死的老虎愈來愈多，你聽懂我的意思了吧？多得有些讓人難以置信。而且，大象數目也愈來愈多。我以前就知道她愛編謊言。」

「總能吸引注意力？」

「啊，你說對了。她太擅長引人注意啦。」

「她是編了一個子虛烏有的旅行故事，」史彭斯主任說，「但你不能說她任何奇怪的話都是謊言。」

「也許不是，」艾思佩說，「但我覺得還是可能。」

「所以你覺得喬伊絲．雷諾茲要是說她見過一起謀殺事件，那她很可能是撒謊，你根本不相信是真的，對吧？」

「對。」麥凱夫人回答道。

「也許你弄錯了。」其兄說。

「是啊，」麥凱夫人回答，「誰都有出錯的時候。就像說了許多遍『狼來啦』的故事，小男孩老是說『狼來啦』，等狼真來了，大家已經不相信他，害他落得被狼吞食的下場。」

「因此你的意思是……」

「我還是認為她有可能在說謊。不過我這人很公正，也許她真沒說謊，或許她看見什麼了，雖然不完全像她所說的，但還是確有其事。」

「所以她被害了。」史彭斯主任說，「你別忘了，艾思佩，她落了個死亡的下場。」

「當然沒錯，」麥凱夫人回答說，「要不，我怎麼會說也許我看錯了她。果真如此，我不得不表示遺憾。向任何一個了解她的人打聽，他們一定會說她一天要撒好幾個謊。記住，她是去參加一場派對，十分興奮，她想製造驚奇的效果。」

「的確沒人相信她。」白羅說。

艾思佩．麥凱疑惑不解地搖搖頭。

「她會看見誰被殺了呢？」白羅問。

他看著這對兄妹。

「沒有人。」麥凱夫人斬釘截鐵地說。

「過去三年，這一帶應該有人去世吧？」

「哦，那還用說，」史彭斯回答，「不過都很平常，老人啦、病人啦什麼的。也許有人開摩托車把人撞死就溜了……」

「沒有不尋常、出乎意料的死亡？」

「嗯，」艾思佩遲疑了片刻。「我想……」

史彭斯插話道：「我記了幾個名字在這兒。」他遞了一張紙給白羅。「省得你到處找人打聽。」

「有可能是被害人？」

「不至於。只是給你一個範圍。」

白羅大聲唸起來。

「洛林史邁夫人。夏綠蒂．本菲爾。珍妮．懷特。萊斯利．費里……」他停下來，看看桌子對面，又唸了一遍第一個名字：「洛林史邁夫人。」

「有可能，」麥凱夫人說，「對，也許這裡頭有名堂。」

她又說了一個聽起來像是「歌劇」（Opera）的字。

「歌劇？」白羅大惑不解，他不明白歌劇和這有什麼關係。

「她有天晚上出去了，」艾思佩說，「後來再也沒聽說她的消息啦。」

「洛林史邁夫人？」

「不，不是的。是她家的那個外國女孩。她要想放點什麼在藥裡，簡直是易如反掌。而且她得到所有的財產，難道她沒有……或者說想都沒想過？」

白羅看看史彭斯，想得到一點提示。

「從此再也杳無音訊啦，」麥凱夫人說，「這些外國女孩都一樣。」

白羅恍然大悟。

「一個 au pair[4]。」他說。

「對，陪伴老太太。老太太才死一兩週，這女孩就失蹤了。」

「恐怕是跟哪個男人私奔了。」史彭斯說。

「不過，誰也沒聽說有這麼個人。」艾思佩說，「要是那樣的話，風言風語一定很多，大家都知道誰會和誰走。」

「有人覺得洛林史邁夫人的死有什麼怪異之處嗎？」白羅問。

「沒有。她有心臟病，常常看醫生。」

4 法語，意思是「互裨」，即以授課、協助家務等換取膳宿的人。

「但你為什麼把她列在名單之首呢，老朋友？」

「噢，她很有錢，非常有錢。她的死並非出乎意料，但有些突然。弗格森醫生就吃了一驚，雖然只是略微感到吃驚。或許他以為她能活得更久一些吧。但是做醫生的總有吃驚的時候。她不聽話，叫她不要太勞累，她卻一意孤行。比方說，她熱中於園藝，這對她的心臟可沒什麼好處。」

艾思佩接過話。

「她身體完全垮了之後才搬到這裡來的。以前住在海外。來這裡是為了跟侄兒侄媳德雷克夫婦住在一起。她買下了石礦宅，是一所維多利亞時代建的大房子，還有一個廢棄的採石場。就是這個石礦吸引了她，她覺得大有可為，花了上萬英鎊把採石場變成一個地下花園……請了個園林家來設計，也不知是從懷斯利還是其他地方請來的。那地方還真有看頭。」

「我會去看看的，」白羅說，「誰知道，或許就能獲得一點靈感。」

「是啊，我要是你也會去，值得一看。」

「她很富有，是嗎？」白羅問。

「是一個造船商的遺孀，她有成袋成袋的錢。」

「她心臟不好，因而她的死是在意料之中，但是太突然了。」史彭斯說，「沒有人懷疑死因，是自然死亡，說是心臟衰竭還是那種一大串字眼的冠心病什麼的。」

「從來沒有調查過？」

史彭斯搖搖頭。

「這類事情屢見不鮮，」白羅說，「一個上了年紀的老太太，別人讓她小心些，不要老上樓下樓，別太勞累什麼的。偏偏遇上這個人精力充沛，一輩子酷愛種植，而且做事隨心所欲，自然她不會把別人的忠告聽進耳裡。」

「一點也不假。洛林史邁夫人把那個採石場弄得棒極了……哦，應該說是園林家弄的。他和他的雇主一起蓋了三、四年。她見過不少園林，大概是在愛爾蘭，當時她參加一次全國組織的熱愛自然旅行活動，參觀了許多園林。以此為基礎，他們把採石場大大改變了。眼見為憑，你看見了就會相信。」

「那這就是自然死亡囉，」白羅說，「這已得到了本地醫生的證實。是還待在這裡的同一個醫生嗎？就是我馬上要去拜訪的那位？」

「弗格森醫生，沒錯。他將近六十了，醫術高明，深受愛戴。」

「但你還是懷疑她有可能被人謀殺？出於某種你還未告訴我的原因？」

「是啊。比方說，那個外國女孩。」艾思佩說。

「為什麼？」

「啊，一定是她偽造了遺囑。要不是她，又會是誰呢？」

「你還沒告訴我詳情，」白羅說，「偽造遺囑，究竟是怎麼回事？」

「哦，是驗證時出了點麻煩，我是說老太太的遺囑。」

「是一份新遺囑？」

「是他們所說的，聽上去像是魚似的……是附加條款[5]。」

艾思佩看著白羅，他忙著點頭。

「她以前也立過遺囑，」史彭斯說，「每次都差不多。哪些贈給慈善機構啦，哪些分給老僕人啦，但主要部分大都是留給侄兒侄媳，他們是她最親的親人。」

「那這個特別的附加條款呢？」

「把所有遺產都留給這個外國女孩啦。」艾思佩說，「『因為她悉心照料我。』好像是這麼說的。」

「再跟我說說那個外國女孩。」

「她是從中歐某個國家來的，名字很長。」

「她陪伴老太太多久？」

「一年多吧。」

「你口口聲聲說老太太，她究竟有多大年紀？」

「六十好幾啦，六十五、六吧。」

「也不算是太老嘛。」白羅感性地說。

「算起來，她立過兩三個遺囑了。」艾思佩說，「像伯特說的那樣，內容都相差無幾。留了些錢給一兩個慈善機構，然後或許換了個慈善機構，也許還變動一下留給老僕人的東西等等，主要遺產都留給侄兒侄媳；我想也許還打算留一點給某個老表妹，不過她去世之前人家已經先她而去了。她把她蓋的那棟平房留給了那位園林家，讓他愛住多久就住多久，還給他一筆固定收入來維修花園，供眾人賞玩。似乎是這樣。」

「我想她家的人一定是說，有某種意想不到的事使她突然情緒激動而死亡吧？」

「也許吧，」史彭斯說，「但是律師們馬上就注意到偽造的遺囑。偽造得不太到家，他們幾乎一眼就看出來啦。」

「有證據顯示那個外國女孩可以輕易偽造。」艾思佩說，「知道嗎，她為洛林史邁夫人寫了大量信件，洛林史邁夫人似乎很不喜歡用打字機給朋友們寫信。只要不是公文，她就會說：『你代替我寫吧，模仿得愈像愈好，弄完了代我簽名。』清潔工明登太太有一天就聽她這麼說。因而我覺得這女孩習慣了替她寫信、模仿她的筆跡，後來她突然想到可以這麼做而不被發現，於是她就動手啦。但我說過，律師們眼睛太尖了，一眼就看出來啦。」

「是洛林史邁夫人的私人律師？」

「是的。『富勒頓—哈里森—利德貝特事務所』。這家律師事務所在曼徹斯特享有盛譽。他們一向為她處理各種法律事務。反正他們是內行，提出不少質疑，女孩子不得不回答許多

5　英文中的「附加條款」（codicil）發音與「鱈魚」（cod）接近。

問題，弄得提心吊膽的，後來有一天就出去了，大半的東西都沒帶走。他們本來準備進一步詢問她的，但她可不想坐以待斃，於是溜之大吉。事實上要出境並不難，只要選對了時間。怎麼說呢，你不需要護照就能乘坐繞大洲一日遊的客車，只要在那邊和某人稍做安排就能辦妥，不會惹來多大麻煩。很可能她是回國或者隱姓埋名了，或藏在哪個朋友那裡也說不定。」

「而每個人都認為洛林史邁夫人屬於正常死亡嗎？」白羅問。

「對，好像從來沒有人詢問過這件事。我只是說，或許有某種非自然死亡的可能性，因為這種例子也發生過。會不會喬伊絲聽見過什麼話，聽見那個外國女孩端藥給洛林史邁夫人，而老太太說『今天的藥，味道跟平常不同』或者『這藥苦多啦』或者『味道怪怪的』。」

「聽來像是你當時在場似的，艾思佩，」史彭斯主任說，「這只不過是你的想像而已。」

「她是什麼時間死的？」白羅問，「上午或晚上？在屋裡、屋外或離家很遠的地方？」

「哦，在家裡。有一天她在花園做完園藝回來後，忽然覺得呼吸很急促。她說太累了，想上床躺著。長話短說吧，總之她再也沒有醒過來。從醫學角度來講，這似乎很正常。」

白羅取出一個小筆記本。筆記本上早已寫著「被害人」幾個字。他接著寫道：「第一可能人選，洛林史邁夫人。」下面的幾頁紙上，他分別寫上史彭斯告訴他的其他名字。他問道：「夏綠蒂．本菲爾是什麼人？」

史彭斯馬上答道：「是個十六歲的店員。頭部多處受傷，屍體在採石場附近的一條小路上被發現。有兩個年輕人受到懷疑。他倆都曾偶爾陪她出去散步。但是沒有證據。」

「在調查中，他們配合警方嗎？」白羅問。

「他們沒幫上什麼忙，簡直嚇壞了，編了一些謊言，但無法自圓其說。沒有判定他們是凶手。但說不定其中一個就是。」

「他們是什麼樣的人？」

「彼得．戈登，二十一歲，失業，有過一兩份工作，但都沒做多久就被辭退了。懶惰，長得十分英俊。有一兩次因為偷雞摸狗之類的事被處緩刑。沒有施暴紀錄。大錯不犯，小錯不斷。」

「另外一個呢？」

「是托馬斯．赫德。二十歲。說話結巴，害羞，有點神經質。想當一名教師，成績卻不合格。母親是個寡婦，寵孩子有點過頭，不喜歡讓他交女朋友，千方百計把他拴在身邊。他在一家文具店工作。沒有前科，但心理上有做案的可能性。那女孩弄得他十分痛苦。嫉妒很可能是做案的動機，但沒有證據。兩人當時都有不在場證明。赫德在母親那裡，母親對天發誓說那一整晚他都沒離家，而且沒人能證明他不在家，也沒人在別處見過他。年輕的戈登有些狐群狗黨替他作證說不在現場。他們的話沒人知道是真是假，但又沒人能反駁。」

「這案子發生在什麼時候？」

「十八個月以前。」

「在哪兒？」

「離伍利社區不遠的一處田間小道上。」

「四分之三英里開外。」艾思佩說。

「離喬伊絲家……雷諾茲家的房子很近嗎？」

「不，那是在村莊的另一邊。」

「好像不太可能是喬伊絲所說的那種謀殺。」白羅若有所思地說，「要是你看見一個年輕人猛擊一個女孩的頭部，你馬上就會想到這是謀殺，不會過了一年半載才明白過來。」

白羅又唸了一個名字。「萊斯利．費里。」

史彭斯說：「律師事務所的辦事員，二十八歲，受聘於曼徹斯特的富勒頓—哈里森—利德貝特事務所。」

「那幾個人是洛林史邁夫人的私人律師吧，我記得你說過。」

「正是，就是他們。」

「萊斯利．費里出什麼事啦？」

「他背上被捅了幾刀。在離綠天鵝酒吧不遠的地方。據說他與房東哈利．格里芬的妻子有私情。她可真是個尤物，至今還風韻猶存。可能牙有點變長啦。比他年紀大五、六歲，但是她就愛招惹年輕人。」

「那凶器呢？」

「匕首沒找到。萊斯利據說是和她分手又找了個女朋友，但究竟那女孩是誰，一直沒弄清楚。」

「哦，此案中誰是嫌疑人呢？是房東還是他妻子？」

「你說得對，」史彭斯說，「說不定就是他們倆中的一個。妻子似乎可能性更大。她有一半吉普賽血統，脾氣不小。但也許是別人幹的。我們的萊斯利算不上品行端正，二十歲出頭時就闖禍了，在某個地方工作時做假帳，被查出偽造行為。據說他生長在破裂的家庭。雇主們替他求情。他沒被判多久，出獄後就由富勒頓—哈里森—利德貝特事務所錄用啦。」

「後來他就改邪歸正了嗎？」

「啊，那誰知道。他在上司面前表現得中規中矩，但他的確跟朋友們一起涉入過幾筆不清不楚的交易。他是那種不老實卻很小心的年輕人。」

「那麼還有哪種可能呢？」

「也許是某個壞朋友幹的。一旦你加入了一個流氓集團，你若讓他們失望了，說不定哪天就有人拿著刀子向你逼來。」

「其他的呢？」

「嗯，他在銀行的帳戶有許多錢。對方付的是現鈔，沒有絲毫線索表明是誰給他的。這本身就值得懷疑。」

「也許是從富勒頓—哈里森—利德貝特事務所偷的？」白羅猜道。

「他們說沒有。他們有一位會計師負責帳目並進行監督。」

「而警方也不清楚還可能從哪裡弄來的嗎？」

「對。」

「這個，」白羅說，「也不像是喬伊絲目睹的謀殺。」

他唸了最後一個名字。「珍妮．懷特。」

「發現被掐死在從校舍到她宿舍的一條小徑上。她和另一位教師諾拉．安布羅斯合住一層公寓。根據諾拉．安布羅斯說，珍妮．懷特經常感到十分緊張，常常說，一年前被她甩掉的某個男人一直給她寄恐嚇信。沒查出那個人。諾拉．安布羅斯不知他的名字，也不知道他到底住在什麼地方。」

「啊，」白羅說，「這倒有點可能。」

他在珍妮．懷特的名字旁重重地打了個勾。

「為什麼？」史彭斯問。

「這比較像是一個喬伊絲那麼大的女孩子可能目睹的謀殺案。她可能認出了受害者是自己學校的老師，或許還教過她。但她不認識凶手。或許她看見兩人在吵嘴，聽到了一個她熟悉的女人和一個陌生男人的爭吵。但當時她沒有多想。珍妮．懷特是什麼時候被害的？」

「兩年半前。」

「對啦，」白羅說，「時間也符合。喬伊絲沒有意識到把兩隻手放在珍妮．懷特的脖子上，除了表示愛撫之外，還有可能是要掐死她。但當她慢慢長大時，就漸漸發現了正確答案。」他看了一眼艾思佩。「你同意我的推理嗎？」
「我明白你的意思，」艾思佩回答，「但你這不是繞遠路嗎？不找三天前在伍利社區殺害孩子的那位凶手，反而找什麼幾年前的凶手？」
「我們得從過去一直追查至未來，」白羅回答，「也就是說，從兩年半前查到三天前。因此，我們得考慮——毫無疑問，你們已經反覆考慮過——本村參加派對的人當中，究竟是誰與一樁舊案有牽連？」
「那麼現在我們的目標範圍可以縮小一些了……」史彭斯說，「那是假設喬伊絲之死，的確與那天早些時候她聲稱目睹過一場謀殺案有關。她是在準備派對的過程中說出那番話。注意，我們把這當作做案動機，有可能是錯誤的，但我不認為我們弄錯了。因此我們可以說，她當時聲稱親眼目睹過一樁謀殺案，而那天下午幫忙準備派對的人當中，有某個人聽見了，並且一找到機會就下毒手。」
「在場的人有誰呢？」白羅問。
「喏，我給你列了個名單。」
「你已經反覆核查過了？」
「對，我檢查過好幾遍，但是挺難看出端倪。列了十八個人。」
萬聖節派對準備期間在場人員名單：

德雷克夫人（主人）
巴特勒夫人
奧利薇夫人
惠特克小姐（小學教師）
查爾斯・科特雷牧師（教區牧師）
西蒙・蘭普頓（助理牧師）
莉依小姐（弗格森醫生的藥劑師）
安兒・雷諾茲
喬伊絲・雷諾茲
利奧波・雷諾茲
尼可拉斯・蘭森
戴思蒙・霍蘭
貝翠絲・阿德利
凱西・格蘭特
戴安娜・布倫特
加爾頓太太（幫廚）
明登太太（清潔工）

「就這些嗎？」

「不，」史彭斯說，「我不敢打包票，沒辦法真正弄清楚。誰能弄明白呢？要知道，不時有人送東西來。有人送了彩燈，又有人送來鏡子；還有端盤子來的；有個人借給他們一個塑膠桶。這些人把東西送過來，寒暄幾句就走了，沒有留下來幫忙。因而可能會忽視掉其中的某個人，忘了他也在場。而那個人，即使只把桶子擱在大廳裡的那一會兒工夫，也有可能聽見喬伊絲在房間裡說話。你知道嗎，她根本是用喊的。我們不能僅僅局限於這個名單，但我們也只能如此啦。給你，看看吧，名字旁邊我都做了簡要說明。」

「非常感謝。再問你一個問題。你必定詢問過名單上的某些人，他們也許都出席了派對。有沒有誰提過喬伊絲說起目擊謀殺案的事？」

「我想沒有。你告訴我時我才第一次聽說。」

「有意思，」白羅說，「也可以說，真是妙了。」

「顯然沒有人當真。」史彭斯說。

白羅若有所思地點點頭。

「我得去和弗格森醫生會面了，他想必手術已做完了。」他說。

他摺好史彭斯列給他的名單，裝進口袋裡。

09

弗格森醫生年紀約莫六十上下，具有蘇格蘭血統，性情直率，眉毛又粗又密，下面一雙機敏的眼睛打量著白羅。

「啊，有何貴幹？請坐。注意椅腳，輪子有點鬆了。我也許應該事先說明一下，」弗格森醫生說，「像這樣一個地方，任何一點小事都會馬上傳開。帶您來這兒的女作家，簡直把您當成天底下最傑出的偵探來嚇唬這裡的警官。這多少也對，是嗎？」

白羅回答說：「我也是來拜訪一位老朋友，史彭斯主任，他跟他妹妹一起住在這裡。」

「史彭斯？嗯，好傢伙，史彭斯。虎背熊腰，有膽識，老派的優秀警官，不貪財，不用暴力，也不笨。絕對可靠。」

「您稱讚得恰如其分。」

「啊，」弗格森醫生說，「您跟他說了什麼，他又怎麼跟您說的呢？」

「他和拉格倫警官對我一直很坦誠。我希望您也能如此。」

「我能有什麼坦誠不坦誠的呢，」弗格森說，「我對案情一無所知。派對還在進行，就有一個孩子被人按在水桶中淹死了。好狠毒。不過跟您說，如今殺死孩子的事已是屢見不鮮啦。過去這七到十年中，我已經有很多次被叫去看被謀殺的孩子，次數太多了。許多本該嚴加看管的精神病人都沒人管。療養院都爆滿啦。他們出來後，說話、行為舉止看不出有什麼異樣，卻不時在尋找獵物，自得其樂。不過他們一般不在派對上做案。我覺得他們下手的機會太多了，即使精神錯亂的殺人犯也喜歡新鮮。」

「是誰殺死她的，您是否有任何見解？」

「您真認為我能回答這樣一個問題？我總得有證據才行吧？沒弄明白，哪有發言權。」

「您可以猜測一下。」白羅說。

「誰都可以猜測。要是請我看病，我會先猜測此人是否得了麻疹，或者是吃牡蠣中毒，還是睡羽毛枕過敏。我得問些問題，弄清他們吃什麼、喝什麼、枕了什麼樣的枕頭、和哪些孩子們一塊玩過。看他們是不是在擁擠不堪的車上和史密斯夫人或羅賓遜夫人的孩子們站在一起，而這幾個孩子都得了麻疹，如此等等。然後我才說大概是怎麼回事，當然只是一種可能性。跟您說吧，看病就是這麼看的，不能操之過急，要搞清楚才行。」

「您認識這個孩子嗎？」

「當然認識，她是我的病人。這裡有兩個醫生：我自己，還有莫拉爾。恰好我是雷諾茲家的醫生。喬伊絲嘛，是個很健康的孩子。得過孩子們常得的小病，沒有什麼大不了的，吃得太多，也說得太多啦。話多對她沒什麼危害。吃太多倒使她患上以前稱為膽汁病的一種病症，偶爾發作。她還得過腮腺炎和水痘。別的就沒有了。」

「您說過她話多，或許在某個場合她又多嘴了？」

「您就是為這個而來的？我聽人說起過。您的意思是，她多嘴招來了殺身之禍？」

「那可以成為一種動機，一種理由。」

「哦，是啊，就算是吧。可是還有不少別的理由。現在一般人都把精神受刺激當作殺人原因。法庭上往往這麼宣布。因為她死了誰能得到好處呢？也沒有人恨她。不過我覺得您用不著在孩子身上找原因，原因在別的地方，原因在凶手的心中。在於他的精神錯亂，或者生性歹毒，或者孤僻乖張。怎麼說都行。我不是精神醫師，有時候我都聽膩了這句話：『要求出具精神醫師的報告』。只要一個小夥子偷偷溜進某個地方、打碎了玻璃、偷威士忌或者銀器、把老婦人頭部擊傷等等，都會有人提出這一要求。如今事實是什麼已不重要，就是要求精神醫師出具證明。」

「但在這樁案件中，您覺得誰有可能需要精神醫師出具報告呢？」

「您是指那天晚上案發時在屋裡的人？」

「對。」

「凶手一定在場，對吧？要不也不會發生謀殺案，對吧？他或是客人，或是在幫忙的人，或者事先已起了歹念，從窗戶鑽進去的。搞不好他以前去過那裡，四處探查過一番，或許把屋裡的門閂全摸熟了，好好看看你的孩子，說不定他想殺人，司空見慣啦。在曼徹斯特就有一起案子，六、七年之後才真相大白。那男孩子才十三歲，想要殺人，他就殺了個九歲的孩子，偷了輛車開到七、八英里外的一片小樹林中，把她的屍體燒掉，然後溜掉。據我們所知，從那以後到他年滿二十一歲，他沒再幹過壞事。告訴您吧，這只是他自己說的，說不定還繼續幹了好多次呢。很可能，說不定他就是有殺人的癖好。別以為他會自認殺了太多人，或者有警察威嚇得了他。他不時就會湧起這種衝動。根據精神醫師的報告，都會說是精神錯亂期間犯的謀殺罪。我想要說明的是，這樁案件就是其中一例。反正就是這種事。謝天謝地我不是精神醫師，我有一些朋友是，他們之中有些還挺理智；有一些呢……我不客氣地說，他們自己都該找個精神醫師診斷診斷啦。殺害喬伊絲的傢伙很可能出身體面人家、舉止文雅、相貌堂堂。人們作夢也想不到他會有什麼問題。抓起一個又甜又多汁的紅蘋果，一口咬到核，突然邪惡之心驟起，宛如一隻猛獸向你搖頭擺尾而來。許多人都有這種傾向，而且這種人比過去多得多啦。」

「而您沒有懷疑什麼人？」

「我總不能伸長了脖子，沒有證據就隨隨便便認定誰是凶手。」

「不過，您還是認為是參加派對的某個人下的手。沒有凶手哪來什麼謀殺案呢。」

「在一些偵探小說中當然比比皆是。或許您那位可愛的作家女士就是這麼描寫的。而對本案，我承認，兇手一定去過現場。可能是某位客人，某位幫忙的人，或者從窗戶跳進去的什麼人。只要事先細細研究過窗戶有沒有閂上就很容易辦到。說不定哪個瘋子突然覺得在萬聖節的派對上殺人，挺新鮮有趣呢。您得從這兒入手，是不是？看看參加派對的都有誰。」

他濃密眉毛下的一雙眼睛對準白羅不停眨著。

「我本人當時也在，」他說，「去晚了一步，只是隨便看看。」

他使勁地一點頭。

「這是個問題，對吧？就跟報紙上的公告一樣：『在場的人之中，有一位是兇手。』」

10

白羅抬頭看著榆樹小學，禁不住心中連聲稱讚。

他推測，請他進門並把他帶進校長室的可能是位祕書。校長奧姆琳小姐從桌旁站起來歡迎他。

「久仰大名，白羅先生，見到您真高興。」

「您太客氣啦。」白羅說。

「我從一位老朋友包士卓小姐[6]那裡聽說過您。她是芳草地中學的前任校長。也許您還記得包士卓小姐吧？」

6 參克莉絲蒂的《鴿群裡的貓》一書。

「誰會忘了她呢，她是個了不起的人物。」

「對，」奧姆琳小姐說，「是她使芳草地中學名聲大振的。」她微微嘆了口氣說，「那學校的政策如今有些改變，宗旨不同，方法也不同了，不過還是一個很有特色、既在不斷進步又保持了傳統的學校。哦，對啦，別老提這些陳年往事吧。不用說，您是為喬伊絲．雷諾茲之死來找我的。我不知您對此案有什麼特殊興趣。我覺得您平時好像不接這類的案件。您大概是認識她或者她家的人吧？」

「不，」白羅回答說，「我是應一位老朋友奧利薇夫人之邀而來的。她在這裡小住了幾日，參加了那天的派對。」

「她的書娛樂性很強。」奧姆琳小姐說，「我也碰過她一兩次。哦，如此說來，討論起來就簡單多啦。既然沒有個人感情的因素在裡面，我們就開門見山吧。這種事實在可怕極了。照理說，發生這種事簡直不可能，相關的孩子們都半大不小，無法歸入哪個特別的類型。案子可能和凶手的精神狀態有關。您說呢？」

「不，」白羅回答說，「我覺得是一場謀殺，和一般謀殺案沒什麼兩樣，有做案動機，也許動機還很卑劣。」

「這樣啊。那是為什麼呢？」

「因為喬伊絲的話；我聽說她不是在派對上說的，而是在那天早些時候，一些大孩子和幫忙的人準備派對時說的。她大聲宣告她曾經目擊過一場謀殺。」

「有人相信她嗎？」

「大體來說，沒人相信。」

「一定是這樣。喬伊絲……老實跟您講吧，白羅先生，我們也不想讓不必要的感傷混淆視聽……她是個非常普通的孩子，既不太笨也不怎麼聰明。坦率地說，她完全控制不住自己，愛撒謊。我並不是說她特別狡詐、不誠實。她不會躲避受罰，也不會遮蓋犯下的錯誤。她只是吹牛，胡謅些從未發生過的事，藉此壓過那些聽她吹牛的朋友。結果呢，他們當然漸漸都不相信她那些離奇的故事。」

「您是說，她會吹牛說目睹過一場謀殺案，想藉此顯得很了不起，來引起某個人的興趣……」

「沒錯。而且無疑地，她想引起阿蕊登·奧利薇的注意……」

「看來您覺得喬伊絲根本沒有目睹過什麼謀殺案？」

「我非常懷疑。」

「您的意思是，全是她編造的？」

「也不是。有可能是她真的目擊過一場車禍，或者有人在高爾夫球場上被球擊傷了，但她可以添油加醋地把它加工成一個令人震驚的事件，一樁早有預謀的謀殺案。」

「因此我們唯一能肯定的是，凶手參加了萬聖節派對。」

「那當然，」奧姆琳小姐鎮定自若地說，「那當然。從邏輯上講，理當如此，您說呢？」

「您覺得誰會是凶手呢？」

「這是個十分敏感的問題，」奧姆琳小姐回答說，「怎麼說呢，參加派對的孩子大多數在九至十五歲之間，我想他們都是或者曾經是我們學校的學生。對他們，我應該有所了解。同樣，對他們的家庭背景，我也有所了解。」

「我聽說貴校有位教師一兩年前被掐死了，凶手沒找到。」

「您是指珍妮・懷特嗎？她大約二十四歲，是個多愁善感的女孩。據我所知，她獨自出門，也許是安排好了跟某個年輕人約會。她挺有魅力，追求她的男人不少。凶手沒有查出來。警方詢問了許多年輕人，採取了各種辦法調查，卻找不到任何證據起訴其中任何人。從他們的角度而言，他們很不滿意。應該說，從我的角度而言也是。」

「您和我的原則一致。我們都對謀殺持堅決反對立場。」

奧姆琳小姐盯著白羅看了半晌。她的表情沒有半點變化，但白羅覺得她在仔細打量他，心中在評斷著什麼。

「您的話正合我意，」她說，「從報紙上看到的也好，聽說的也好，似乎謀殺已經被大多數人所認可。」

她沉默半晌，白羅也沒說話。他想，她是在考慮下一步該怎麼辦。

她起身按了按鈴。

「我想，」她說，「您最好和惠特克小姐談談。」

奧姆琳小姐出去大約五分鐘之後門打開了，一位四十上下的婦女走進來。她赤褐色的頭髮剪得短短的，走起路來精神勃勃。

「白羅先生嗎？」她說，「我能幫什麼忙嗎？奧姆琳小姐似乎覺得我能夠幫上忙。」

「要是奧姆琳小姐認為如此，那無疑您就能幫我。她的話我完全相信。」

「您和她很熟嗎？」

「我今天下午才第一次見到她。」

「而您對她一見如故，馬上就完全信賴她了？」

「我希望您會說我眼力不錯。」

伊麗莎白．惠特克輕輕嘆了口氣。

「嗯，是的，您真的沒看錯人。我猜您大概是為了喬伊絲．雷諾茲之死而來的吧。我不知道您究竟是怎麼插手此事的。是警方請來的？」她有點不相信，輕輕搖了搖頭。

「不，不是透過警方。是一個朋友私下請的。」

她坐下來，把椅子往後推了推，好面對他。

「那好。您想知道什麼？」

「我覺得沒有必要細說，也沒有必要浪費時間問些無關緊要的問題。那天派對上發生的事大抵就是我了解的。對吧？」

「對。」

「您也參加派對了？」

「我參加了。」她回憶了片刻。「派對辦得不錯。設計得相當好。算上各種幫忙的人，一共約有三十餘人。有孩子、青少年、成人……還有些在一邊做清潔工作、準備飯菜之類的人。」

「您參加了那天上午或者下午的準備工作了嗎？」

「事實上沒多少忙好幫的。德雷克夫人非常能幹，不需要多少人就能把各種準備工作做好。實際上更需要的是幫忙家事。」

「我明白了。不過，您是被邀請去參加派對的嗎？」

「那當然。」

「發生了什麼事？」

「派對的流程無疑您早已弄清楚。您是想問我有沒有注意到什麼，或我覺得很重要的事情？要知道，我不願意白白浪費您的時間。」

「我敢打包票，您不會白白浪費我的時間。對了，惠特克小姐，簡要地跟我說說吧。」

「那天晚上一切都按計畫進行。最後一項活動實質上是聖誕節，而不是在萬聖節玩的。蹦龍，即點燃一盤葡萄乾，上面澆了白蘭地，大家圍在一旁從火中取出葡萄乾。當時驚呼聲、笑聲不絕於耳。葡萄乾熊熊燃燒，大家歡呼著，不一會兒，房子裡就變得很熱。我走了出去，站在大廳裡。這時我看見德雷克夫人從廁所出來站在二樓樓梯上。她端著一大瓶秋天的紅葉以及花朵。她在樓梯拐角處停了一會兒才下來。她越過樓梯向下看，不是朝我這邊。她是在看大廳的另一端，那裡有個門通向圖書室，在通往餐廳的門的正對面。她眼睛盯著那邊看，盯了一會兒才下樓。她用手輕輕轉動花瓶的角度，似乎很沉、很費勁，我猜一定是裝滿了水。她仔細調整了一下花瓶的位置好端穩，另一隻手則扶著樓梯好拐彎下來。她在那裡站了一會，眼睛仍舊不看手裡的花瓶，而是盯著大廳。她突然動了一下——我想一定是吃了一驚——對，必定是讓什麼嚇了一大跳，慌得手一抖，花瓶掉到地上去了，水濺了她一身。花瓶滾落到樓下的大廳裡摔得粉碎，弄得滿地都是。」

「我明白了，」白羅說。他注視著她，沉默了片刻。他注意到，她的雙眼十分機警，顯得十分睿智，似乎在要求白羅對她的話發表一點意見。「您覺得發生了什麼事，會使她嚇著了呢？」

「後來回憶起來時，我覺得她看見了什麼。」

「您覺得她看見了什麼，」白羅重複著她的話。「會是什麼呢？」

「我說過，她的眼睛是看著圖書室的門。我猜測她是不是有可能看見門開了，或者門把轉動了一下，或者實際上她看見的還不止這些。也許是看見誰開了門打算出來。或許是看見了一個相當出乎意料的人。」

「您也朝那邊看了嗎？」

「沒有。我只是向上盯著樓梯上的德雷克夫人。」

「您確實覺得，她是看見了什麼才嚇了一跳嗎？」

「對。也許是只看見門開了。一個人，一個不知怎麼混進來的人從門裡進去了。就在一瞬間，她握緊花瓶的手一顫抖，裝著水和花的沉重花瓶一下子就跌落下去。」

「您有看見誰從門裡出來嗎？」

「沒有。我沒朝那邊看。我覺得沒有人真的從門裡出來走進大廳，倒有可能是又縮回圖書室去啦。」

「接下來德雷克夫人做了什麼？」

「她惱怒地尖叫一聲，下樓梯對我說：『看我都做了些什麼！弄得一團糟！』她把幾塊碎片踢到一邊。我幫著她掃成一堆，堆在牆角裡。當時不可能徹底清掃。因為孩子們開始從玩蹦龍的房間裡跑出來。我拿了塊擦玻璃的布隨便給她擦了擦身上的水。然後很快派對就結束了。」

「德雷克夫人沒有解釋她為何嚇著，也沒說起是什麼使她大驚失色嗎？」

「沒有，隻字未提。」

「而您覺得她的確嚇著了。」

「白羅先生，您是否覺得這是完全不重要的小事，我卻太小題大做了？」

「不，」白羅回答，「我並未這麼想。我只見過德雷克夫人一面，」他若有所思地接著說，「是在我和奧利薇夫人一道去拜訪她的時候，也就是在察看做案現場的時候。在這短短的一次會面中，我觀察了一下，她似乎不是個容易被嚇著的女人。您同意我的觀點嗎？」

「沒錯。這就是為什麼我一直很納悶。」

「當時您也沒問嗎？」

「我根本沒有理由這麼做呀。要是您在人家家裡作客，女主人不幸摔碎了她最好的一個玻璃花瓶，作為客人，您要是問『你怎麼搞的，弄成這樣』似乎也不太禮貌吧？我敢確定，要是說她笨拙，她一定會大發雷霆。」

「您剛說過，隨後派對就結束了。孩子們跟著母親或朋友紛紛告辭，單單喬伊絲不見了。我們現在已知道喬伊絲死在圖書室裡。有沒有可能出現這種情況：一個人正想從圖書室裡出來，就聽見了大廳裡的聲音，他重新關好門，後來趁人們在大廳裡告別、穿大衣等的時候偷偷溜走了？惠特克小姐，我想直到找到屍體後，您才有時間回憶剛剛的一幕吧？」

「是的，」惠特克小姐站起身來。「恐怕只能告訴您這些了。我想它們其實無關緊要。」

「不，這事很值得注意。凡是值得注意的都必須銘記在心。我還想順便問您一個問題，實際上是兩個問題。」

伊麗莎白．惠特克重新落坐。

「說吧，」她回答道，「想問就問吧。」

「您清楚記得各個遊戲的先後順序嗎？」

「應該記得。」伊麗莎白．惠特克回憶了片刻。「首先是掃帚比賽，比賽裝飾的掃帚，有三、四個不同的小獎品。接下來有氣球比賽，就是用手或用球拍打著玩。這讓孩子們活躍起來。後來女孩子進了一間小房間玩照鏡子遊戲，她們手執一面小鏡子，不同男孩子的臉便反映到那些鏡子上。」

「這是怎麼弄的？」

「哦，簡單極了。門楣拆了，不同的臉往裡面看，反映到鏡中的臉龐自然也不同。」

「女孩子們知道她們在鏡子裡看見的是誰嗎？」

「我猜有人知道，有人不知道。男孩子們事先化了妝，再加上一些道具，比如說戴上面具、假髮、落腮鬍，還有大鬍子，再加上油彩效果，很有意思。大多數男孩和女孩早已認識，也許還來了一兩個不認識的。反正她們高興地咯咯咯直笑。」惠特克小姐說著，顯得有些輕蔑。「後來又有障礙賽跑，接著是把一個杯子裝滿麵粉壓緊，反扣過來，在頂上放一枚六便士的硬幣，每個人切下一片粉塊。粉塊若是全都垮了，這個人就被淘汰，其他人繼續進行，最後剩下的那個人能得到這枚硬幣。再來就是跳舞、吃飯。最後的高潮是玩蹦龍遊戲。」

「您最後見到喬伊絲是在什麼時候？」

「我不知道，」伊麗莎白·惠特克答道，「我和她不太熟，她不在我班上。她不是一個很有趣的孩子，因此我沒太留心她。但我記得她切了粉塊，她太笨了，一下子就被淘汰了。看來，那時她至少還活著……但離那還早呢。」

「您沒看見她和誰一道進圖書室嗎？」

「當然沒有。要是我看見了，早就告訴您了。我知道那很重要。」

「那好，」白羅說，「第二個問題，也可以說是一系列問題。您在這所學校待多久了？」

「到秋天就滿六年。」

「您教……」

「數學和拉丁文。」

「您記得兩年前在此任教的一位女孩嗎？她叫珍妮．懷特。」

伊麗莎白．惠特克驚呆了。她略微站起身來，然後又坐下去了。

「可是……那和這應該沒什麼關係吧？」

「可能有關係。」白羅說。

「怎麼會呢？有什麼關係？」

教育界的消息沒有鄉村的閒話傳得快，白羅暗自思忖著。

「有證人聲稱喬伊絲說她幾年前目睹過一樁謀殺案。您覺得有可能是珍妮．懷特那個案子嗎？珍妮．懷特是怎麼死的？」

「有天夜裡她從學校回家，走在路上被人掐死的。」

「一個人回家？」

「很可能不是。」

「不是和諾拉．安布羅斯一起？」

「您知道諾拉・安布羅斯什麼嗎？」

「現在還不知道，」白羅說，「但我想知道。珍妮・懷特和諾拉・安布羅斯是什麼樣的人？」

「都很輕佻，」伊麗莎白・惠特克說，「不過兩人不太一樣。喬伊絲怎麼會見到這種事，又怎麼可能了解呢？那是在離石礦森林不遠的一條小路上出事的。當時她不過十一、二歲。」

「誰有男朋友？」白羅問，「是諾拉還是珍妮？」

「別翻這些陳年舊事吧。」

「舊惡影長。」白羅說，「從生活中，我們體會到這句話是真理。諾拉・安布羅斯現在在哪兒？」

「她離開這兒去英格蘭北部任教了。當然，她感到十分不安。她們……很要好。」

「警方一直未能破案？」

惠特克小姐搖搖頭。她起身看看錶。

「我得走啦。」

「謝謝您告訴我這麼多事情。」白羅說。

11

赫丘勒．白羅仰頭看了看石礦宅的正面。這是維多利亞時代中期建築的良好典範。他想像得出來，屋裡有一個桃花心木的食具架，正中間擺著一張沉重的桃花心木長方形大桌；有個撞球室，說不定有個大廚房附帶一個盥洗間，地板上雕刻著石頭旗子，還有一個笨重的煤爐，如今一定早改成電爐或者煤氣爐了。

他注意到樓上的窗簾仍然緊閉。他按了門鈴。一個瘦削、滿頭銀髮的老太太應聲而來，告訴他韋斯頓上校和夫人去了倫敦，下週才回來。

他問能不能去石礦森林。老太太回答說誰都可以進去，不收費，沿路走大約五分鐘就到了入口處，大鐵門上有一面告示牌。

他輕而易舉地找到了大鐵門，進去之後有一條小路向下通往樹林及灌木叢。

他很快就停下腳步，站在那裡沉思起來。他並未專心觀賞眼前以及他身邊的景象，而是在細細琢磨一兩句話，一遍又一遍地回憶著一兩件事……用他自己的話說，是不由自主地狂想起來。偽造遺囑，一份偽造的遺囑和一個女孩。一個失蹤的女孩，偽造遺囑謀奪財產。一個年輕的藝術家來到這裡，把一個亂石林立的廢採石場建成了地下花園。白羅定了定神，環顧四周，又滿意地點了點頭。叫什麼石礦花園，真難聽。讓人聯想起砸石塊的嘈雜聲，想起出於工業需要，大卡車裝著許許多多的石頭去修路。而一個地下花園，就截然不同了。他的回憶被喚醒了，只不過有些模糊。看來洛林史邁夫人真是去愛爾蘭參觀過園林。他記得自己五、六年前去過愛爾蘭，他去那兒調查一樁銀具古董被盜案。那樁案子很有意思，激起了他的好奇心；而且和平常一樣，他成功地完成了自己的使命，並且抽空遊玩了幾天。

他現在想不起去的究竟是哪個花園。似乎是離科克不遠。是基拉里嗎？不，不是的，是離班特里灣不遠的一個地方。他之所以記得，是因為那個花園與當今最令人稱道的園林大相逕庭，有如法國城堡園林和凡爾賽宮般莊重優美。他記得自己和幾個人一起上了小船。要不是兩個健壯而穩靠的船夫把他舉起來再接上去，他還真無法上船。他們朝一座小島划過去，白羅當時覺得島上沒意思透了，真希望自己沒來。他的雙腳都浸溼了，冷得出奇，風從雨衣的縫隙直往裡面灌。當時他心中疑惑不解，這麼一座樹木稀疏、遍地石頭的小島會有什麼樣的美景，或有什麼樣莊嚴肅穆、結構對稱的偉大鉅作呢？錯了，他犯了個大錯，真不該來。

他們在一個小碼頭邊靠岸。船夫技術純熟地把他們送上岸。一行人邊走邊談笑著。白羅整理好雨衣，重新繫好鞋帶，跟上他們沿著小路向前走，兩邊是灌木叢和幾棵稀疏的樹木，非常單調。這個花園太沒意思啦，他心想。

剎那間，他們走出了矮樹林，來到一處斜坡上，無數台階通往低處。低頭一看，眼前出現了一片奇景，簡直是愛爾蘭詩歌中經常描繪的景致再現，根本看不出是人工辛苦勞動創造出來的結果，而像是由魔術師一揮魔杖所展現眼前的奇幻夢境。各種景致如花朵、灌木叢、人工噴泉、彎彎曲曲的小路，都像是施了魔法似的，令人心曠神怡。以前這裡是怎樣的呢？太和諧了，一點也看不出曾經是個採石場。這是島嶼中的一個凹陷處，仰望能看見海水和海灣另一側的山巒。山頂煙霧繚繞，恍若仙境。他猜想一定是這個花園給了洛林史邁夫人靈感，參觀後她萌發了念頭，想自己建造一個。於是她興致勃勃地買下這個空曠的採石場，想在英格蘭這片傳統而樸素的鄉村地帶創造一個奇蹟。

之後她付出高額代價實現了自己的夢想。她找到技藝超群的米契．加菲爾，把他帶了回來。給了他一大筆錢，還給他建了一所房子。白羅暗想，米契．加菲爾還真沒有辜負她的一片苦心。

走著走著，白羅在一條長椅上坐下來歇腳。他設想著花園在春天時是什麼樣的景象。許許多多的山毛櫸和樺樹銀光閃閃，還有帶刺的灌木叢、白玫瑰和小杜松等。而現在是秋天。這裡的秋天並不冷清。層林盡染、色彩紛呈，冷不防鑽出一兩隻鸚鵡；沿著小道往前走，曲徑通幽。荊豆正在怒放（還是西班牙金雀花？），白羅對花草的名字不甚精通，只認得出玫瑰和鬱金香。

園中的植物都在自由自在地生長著，看不出半點人工的局限，彷彿根本不是人工造就的花園。但白羅心中明白，事實上一定不然。這全都經過精心安排，無論是一株小草或掛滿金黃、紅色葉子的高大樹叢，無一例外都經過精心構築，甚至可說是嚴格按照計畫安排好的。

他不知道這到底是遵照誰的構想建成的。是洛林史邁夫人或米契・加菲爾？白羅自言自語道，那兩者之間差距是很大、很大的。洛林史邁夫人學識淵博，這一點白羅毫不懷疑，她有多年種植園林的經驗，還是皇家植物研究會的成員。她看過不少展覽，參閱了植物目錄，又參觀過許多園林，甚至還為觀賞植物而出國旅行。她不會不知道自己想要的是什麼，也會說出自己的想法。但光是這樣就夠了嗎？白羅覺得遠遠不夠。她可能曾向園丁發號施令，還確保這些命令得以執行。但她是否知道，是否真的知道，若真正按照她的意願行事，實際上會是怎樣的景象呢？不是指頭一年或者第二年的樣子，而是兩年、三年之後，甚至是六、七年之後的情形。白羅心想，米契・加菲爾了解她究竟想要什麼，因為她表達了自己的心願。而他知曉如何讓光禿禿的採石場開出美麗的花朵，如同讓沙漠綻放出鮮蕾。他精心策畫，並且真實呈現；在此過程中，他一定像那種得到鉅額酬金的藝術家一樣，心中充滿了無比的歡樂。他心目中的仙境將誕生在一個平凡而單調的小山之側。有些灌木叢得花一大筆錢去買，有些珍奇樹種、花種只能透過朋友贈予才能弄到，而花園中也需要一些幾乎不用花錢的普通品種。看看那高處的綠葉，白羅能判斷，這裡的春天一定開滿了櫻草花。

白羅自言自語道：「在英國，人們熱中於請你參觀苗圃，帶你去看玫瑰，無休止地講他們的花園，說它們五彩繽紛，是英國的最佳景致之一。他們挑個陽光明媚的日子去看枝繁葉茂的山毛櫸，樹底下開滿了小鐘似的花朵。對，的確很美。不過，他們帶我看得夠多了，也夠頻繁的啦。我寧願……」到底寧願如何呢？開車從德文郡的小巷裡穿梭而過，道路彎彎曲曲，兩旁高高的路堤上滿是美麗的櫻草花，淡黃色的、白色的，一團團、一簇簇，散發出馨香，沁人心脾，那種香氣才真正是春天的氣息。這裡不該栽種什麼稀有的樹種。既要考慮到春天，也要考慮到秋天，因而不僅要種櫻草，也要種番紅花，那才美啊。

他很想對石礦宅現在的主人有進一步了解。他只聽說了他們的名字，是一對退休的老上校夫婦。相信史彭斯會提供他更多的資訊。不知為什麼，他覺得無論現在擁有這一切的人是誰，他都不如洛林史邁夫人那樣喜愛這園子。白羅起身沿著小路向前走。這條路走起來毫不吃力，修得平平整整。他想，這是專為老太太設計的，以便她想上哪兒都很方便。沿路沒有陡峭的台階，隔不多遠就有一把椅子，看上去土里土氣，實際上卻不然。椅背、還有放腳的地方都相當舒服。白羅真想見見這位米契·加菲爾。他設計得太棒了，對這項工作他瞭如指掌，是個很不錯的設計師；同時他又找到了經驗豐富的人來完成他的設計，把自己雇主的想法變成了真實，讓她覺得一切設計都是她本人的功勞，但白羅認為這不僅是她的功勞，應該算是他（加菲爾）的。對，我真想見見他。他應該還住在小屋裡（或者說，為他建的小平房裡）。白羅的思緒突然被打斷了。

他目不轉睛地盯著看，那是他腳下的一片凹地，小路從凹地的另一側蜿蜒而出。他盯著的是一叢枝葉茂盛的金黃色灌木，枝葉交錯，形成了一幅圖畫，一時白羅分不出到底是真實的還是光影形成的特殊效果。

這是真是幻？白羅暗自納悶。是不是誰在施魔法？很有可能，在這種地方極有可能。我看見的是個活生生的人還是……是什麼呢？他的思緒回到了多年前的那幾次冒險，他稱之為「赫丘勒的十二道任務」[7]。不知怎麼的，他覺得自己並非置身於一座英國花園之中。有某種氛圍，他試圖去弄清楚。這裡像是中了魔法，是的，毫無疑問，它有一種美，一種羞澀的美，卻又帶著一種野性。要是你把這當成了戲院中上演的一幕，你一定會聯想起樹精、牧神，你能享受到希臘的美景，同時心中又倍感恐懼。對，他覺得這個地下花園讓人恐懼。史彭斯的妹妹說了句什麼話？許多年前在採石場裡發生過一起謀殺案？血濺在岩石上。後來人們淡忘了，一切都被掩蓋住了。米契．加菲爾來到這裡，他設計、建造出一個無與倫比的地下花園。一個垂暮的老婦付給了他一大筆酬金。

此時，他看見一個年輕人站在凹地的另一邊，在金黃色樹枝的掩映之下，他發現那個年輕人具有驚人之美……如今人們不再這樣誇讚男子了，只說他們性感、有魅力，這種評價似乎也很公平。他們都長著粗糙的臉、亂蓬蓬的頭髮，五官遠遠說不上端正，人們根本不再要求他們具有漂亮的臉龐。這話說起來是有點不好意思，似乎自己太跟不上時代，還在表揚一種早已不被人稱道的標準。性感的女孩子如今不喜歡吹笛子的奧菲斯，她們鍾情的是嗓子沙啞的流行歌手，著迷於他們的瀟灑狂放，和那頭亂髮。

白羅沿著小路走過去，走到陡峭斜坡的另一側，年輕人從樹叢中鑽出來跟他打招呼。年輕似乎是他最重要的特徵，儘管白羅看得出他並非真的很年輕，應該已年過三十，甚至快到不惑之年。他臉上掛著淡淡的微笑，不像是表示歡迎，而是彼此早已相識似的。他的個頭很高，身材勻稱，五官十分完美，如同一尊古典雕像；他有一雙黑眼睛，烏黑的頭髮好似精心編成的頭盔，又像是頂帽子。剎那間，白羅恍惚覺得自己和這位年輕人在排練某個盛大的演出。果真如此，白羅心想，自己還穿著橡皮套靴呢，啊哈，我是不是得找管服裝的太太換雙像樣的鞋呢。

「我是不是私自闖入禁地了？真抱歉，我對這一帶還很陌生，昨天剛到的。」

「我不認為您闖入私人禁地。」他聲音很輕，彬彬有禮，然而奇怪的是顯得十分漠然，彷彿他正神遊於千里之外。「確切地說，花園沒有開放，但常有人來散步。老韋斯頓上校夫婦不在乎。他們只關心有沒有人來破壞。而一般人不會這麼做。」

「沒有人蓄意破壞，」白羅環顧四周說，「沒有誰亂扔東西。甚至連一個小垃圾桶也見不到。真是不尋常，像從來沒有人來過似的，太奇怪了。我想，」他接著說，「戀人們常成雙成對來散步吧。」

7　希臘傳說中，宙斯之子大力士赫丘勒斯完成了十二件艱困的挑戰。參克莉絲蒂的《赫丘勒的十二道任務》一書。

「戀人們不會來這裡，」年輕人回答說，「他們覺得這兒不吉利。」

「您大概是花園的設計師吧？或許我猜錯了。」

「我叫米契．加菲爾。」年輕人說。

「我猜得沒錯，」白羅用手指著周圍說，「是您修造的？」

「是的。」米契．加菲爾回答說。

「很美，」白羅說，「能在英格蘭的這一片……嗯，怎麼說呢，單調區域造就出這一番美景來，真是不容易啊。令人感佩。」

「人會有滿意的時候嗎？我不知道。」

「您大概是為一位洛林史邁夫人建造的吧？我聽說她已過世。住這兒的是韋斯頓上校夫婦，是吧？是他們買下來的嗎？」

「是的，他們買得很便宜。房子又大又難看，管理起來不容易，不是人們會中意的那種。她在遺囑中把它留給了我。」

「而您又把它賣掉啦？」

「我把房子賣了。」

「沒有賣石礦花園？」

「哦，也賣了。花園一塊兒賣掉，也可以說是附送。」

「這是為什麼呢？」白羅問，「挺有趣的，我有點好奇，您不介意吧？」

「您的問題不太尋常。」米契．加菲爾說。

「我不太問是怎麼回事，而愛問為什麼。張三為什麼這麼做？而李四為什麼不這麼做？王五為什麼和張三、李四都不同？」

「您應該去問科學家，」米契說，「這和基因、染色體有關，如今都是這麼說的，和它們的排列類型有關吧。」

「您剛剛說您不太滿意，因為人都不會有滿意的時候。那您的雇主……她滿意嗎？這麼美麗的景致？」

「大體來說，」米契說，「我使她很滿意。她很容易滿足。」

「這似乎不太可能，」赫丘勒．白羅說，「我聽說她六十多歲，至少六十五歲。這個年齡的人會很容易滿足嗎？」

「我向她保證，我是一絲不苟地按照她的指示、她的想法和意願行事的。」

「確實如此嗎？」

「您是很嚴肅地問這個問題嗎？」

「不，」白羅回答說，「不，坦白說，不是。」

「在生活中想要獲得成功，」米契．加菲爾說，「既要追求自己所熱中的事業、滿足自己的藝術偏好，還要當好一個商人，你就不得不學會銷售自己的產品，否則你就注定要看別人的眼色，而別人的想法與你自己的往往格格不入。我主要是按自己的想法去做，然後把做成的東西賣掉——說得好聽點，就是推銷——賣給聘雇我的客戶。從表面上看，一切似乎是完全照她的計畫、安排去做的，這和賣給一個孩子棕色的雞蛋差不多。一定得使顧客相信他買的是最好的雞蛋，他做出的是明智的選擇，簡直是此界的極品。我們可以說那是母雞的偏好嗎？只不過就是棕色的、農莊裡生的、鄉下的雞蛋而已。要是你說『它們只不過是雞蛋而已。但凡雞蛋只有一個區別：新鮮的還是老的』，這些蛋就賣不出去了。」

「您真是個與眾不同的年輕人，」白羅說，「相當自負。」他若有所思地說。

「也許吧。」

「您把這裡建設得真美。您有計畫地把這片亂石堆塑造成佳園美景，為了工業目的而採掘的石場原本是不去考慮美感的。您加上了自己的想像力，用心靈的眼睛去探索，而又成功地找到後援實現了自己的構想。我欣賞您。向您致敬。請接受一位行將從自己工作崗位上退休的老人的致敬。」

「您還在繼續自己的工作？」

「這麼說，您認識我？」

白羅喜孜孜的，他樂於別人知道他是誰。他有些擔心如今大多數人已不知他是誰了。

「您追蹤血跡而來，早就婦孺皆知啦。這裡地方小，消息像長了翅膀似的。是另外一個名人帶您來的吧？」

「啊，您指的是阿蕊登·奧利薇。」

「阿蕊登・奧利薇，暢銷書作家。人們都想採訪她，問她對學生運動、社會主義、女孩的服裝打扮、性開放等問題的看法，還有許許多多和她毫不相干的問題。」

「對，對，」白羅說，「真可悲。我發現他們不是真的了解奧利薇夫人。他們只知道她愛吃蘋果。這話至少流傳了二十年啦，而她還是微笑著重複自己有這種嗜好。不過現在，恐怕她再也不會喜歡吃蘋果了。」

「是蘋果吸引您來的，是嗎？」

「是萬聖節派對上的蘋果。」白羅說，「您參加派對了嗎？」

「沒有。」

「真幸運。」

「幸運？」米契・加菲爾重複了一遍這兩個字，似乎稍稍有些吃驚。

「派對上發生了謀殺案，對參與者來說，這種經歷恐怕不會太愉快。或許您未經歷過，但我可以告訴您，您很幸運，因為……」白羅變得愈發像個外國人了。「那是種 il y a des ennuis, vous comprenez[8]？人們會問您時間、日期以及一些無禮的問題。」他接著問道：「您認識那孩子嗎？」

8 法語，意思是「煩心的事，您懂嗎」。

「嗯，認識。雷諾茲家在這一帶無人不知。附近的人大部分我都認識。在這個村子裡人們彼此熟識，只是了解程度不同。有的關係親密，有的也算朋友，有的只是點頭之交。」

「喬伊絲這孩子怎麼樣？」

「她……怎麼說呢．不怎麼樣。她聲音挺難聽的，總在尖叫似的。真的，對於她，我就記得這麼多。我不太喜歡孩子，他們叫我心煩。喬伊絲就是。她一開口，就說自己怎麼樣怎麼樣。」

「她沒什麼特別的？」

米契．加菲爾有點詫異。

「我覺得沒什麼特別的，」他說，「她幹嘛非得特別不可？」

「我的觀點是，本身沒什麼特別的人，被謀殺的可能性很小。人們被謀殺，一般是出於想得到什麼、擔心或者愛慕。各人有各人的選擇，但一般都得有個前提……」

他停下來看看錶。

「我必須走了，還有個約會。再次向您致意。」

他沿著小徑十分謹慎地向下走去。他暗自慶幸今天總算沒有穿那雙夾腳的漆皮鞋。

米契．加菲爾不是這天他在地下花園裡遇見的唯一一個人。到達花園盡頭時，他注意到有三條小路，延伸的方向略有不同。正中間那條小路路口有個樹樁，上面坐著一個孩子在等他。她馬上就說明了自己的來意。

「我想您一定是赫丘勒．白羅先生吧？」她問。

她的聲音清晰，語調猶如銀鈴一般。她弱不禁風，與地下花園有某種匹配之處，簡直像個小樹神，像個小精靈。

「對，我就是。」白羅回答說。

「我是來接您的，」孩子說，「您是來跟我們一塊喝茶的，對吧？」

「跟巴特勒夫人和奧利薇夫人？是的。」

「那就對啦。她們一個是我媽，一個是阿蕊登阿姨。」她嗔怪道，「您來得太晚啦。」

「真抱歉，我路上停下來跟人說話了。」

「嗯，我看見啦。您是和米契說話，對吧？」

「你認識他？」

「那當然。我們在這兒住很久了，我誰都認識。」

白羅不知她幾歲，就問她。她回答說：「我十二歲。明年就要上寄宿學校了。」

「你高興嗎？」

「到那兒才知道。我不太喜歡這個地方，不像過去那樣喜歡。」她又說道，「我想我們最好現在走吧，請。」

「當然，當然，我來晚了，真抱歉。」

「哦，其實也沒關係。」

「你叫什麼？」

「米蘭達。」

「這名字挺適合你的。」白羅回答道。

「您是想起了莎士比亞的作品吧？」

「對，你在課堂上學過了嗎？」

「對。奧姆琳小姐給我們朗誦了一部分。我又請媽媽朗誦了一些。我很喜歡，聽起來美極了。一個美麗新世界。現實生活沒有那麼美好，不是嗎？」

「你不相信那是真的？」

「您相信嗎？」

「總是有一個美麗新世界，」白羅說，「但是，你知道嗎，它只存在於特別的人心中。是那些幸運的人，那些人的心靈深處藏著這麼一個世界。」

「哦，我明白了。」米蘭達回答說。

她不費吹灰之力就弄懂了，至於弄懂了什麼，白羅可是疑惑不解。

她轉過身去，沿著路一邊往前走一邊說：「我們走這條路，沒多遠，可以從花園的圍牆鑽出去。」

接著她又扭過頭向後看，用手指著說：「那中間從前有噴泉。」

「噴泉？」

「對，好多年前有。我想可能還在，在灌木叢跟杜鵑花的下面。都弄壞了。您知道嗎，人們一塊一塊把土挖走了，但從來沒見誰拿點新的來補。」

「真是遺憾。」

「是嗎？我不確定。您非常喜歡噴泉嗎？」

「ca dépend[9]。」白羅回答說。

「我學過一點點法語，」米蘭達說，「你的意思是說，依實際情況而定，對嗎？」

「完全正確。你好像學得挺不錯的。」

「大家都說奧姆琳小姐教得好。她是我們的校長，嚴格得要命，也有點凶，但她教起書來相當有趣。」

「這表示她是一個好老師，」赫丘勒．白羅說，「你對這裡挺熟悉的，似乎每一條小道都瞭如指掌。你常來嗎？」

「嗯，是的，我最喜歡來這兒散步。您知道嗎，我要是來這兒，就沒人知道我在哪裡。我爬上樹，坐在樹枝上，看下面的動靜。我喜歡這樣，觀察各種活動。」

「什麼樣的活動？」

9　法語，意思是「依實際情況而定」。

「主要是鳥兒和松鼠。鳥兒老吵架，對吧？不像詩裡說的『小巢中的鳥兒相親相愛』。事實上不是那麼回事，對吧？我還觀察松鼠。」

「那你也看人嗎？」

「有時，也看。但是很少有人來這兒。」

「為什麼呢？」

「我猜他們是害怕。」

「為什麼要害怕？」

「因為很久以前有人在這兒被殺害了。我是指這裡建成花園之前。以前這是個採石場，有個大石堆還是沙堆，就是在那兒找到她的。在那裡。您覺得那句老話是真的嗎……有人生來就注定要被絞死或者淹死？」

「現在沒有人生來注定要被絞死了。這個國家不再絞死人了。」

「但是有的國家還有絞刑，他們在大街上把人絞死。我在報紙上看到的。」

「嗯。你覺得那是好事還是壞事？」

米蘭達的回答似乎答非所問，但白羅覺得她想要回答。

「喬伊絲淹死了。」她說，「媽媽不想讓我知道，但我覺得她這麼做太愚蠢，您說呢？我是說，我都十二歲了。」

「喬伊絲是你的朋友嗎？」

「是的，可以說是非常好的朋友。有時候她會講一些相當有趣的事給我聽，全是關於大象、王侯之類的。她去過一次印度。我要是去過印度就好了。喬伊絲和我經常互相講自己的祕密。我不像媽媽有那麼多事好講。媽媽去過希臘，您知道嗎？她就是在那兒認識阿蕊登阿姨的，但她沒帶我去。」

「誰告訴你喬伊絲的事？」

「佩林太太，我們的廚師。她和來打掃的明登太太聊天，說有人把她的頭按進一桶水裡面。」

「你知道那人是誰嗎？」

「我哪裡知道。她們好像也不知道，她們都挺笨的。」

「你知道嗎，米蘭達？」

「我不在場。我那天喉嚨痛，還發燒，因此媽媽沒帶我去參加派對。但我想我應該弄清楚。因為她被淹死了，所以我才問您是不是有人注定是要淹死的。我們從這兒鑽過去。當心您的衣服。」

白羅緊跟在她後面。從石礦花園穿越籬笆，對於這位小精靈般苗條的小嚮導倒不難，甚至算是寬敞得很。然而她很擔心白羅過不去，警告他有刺，又替他拉著籬笆上容易勾衣服的邊緣。他們從花園的一堆混合肥料旁邊鑽過去，轉個彎繞過一個坍塌的黃瓜架，就看見了兩個垃圾箱。外面是一片整齊的小花園，種的多半是玫瑰。從這裡沒費多大工夫就到了一棟小平房前面。米蘭達帶路從一扇開著的落地長窗走進去，就像一位收集到稀有蟋蟀的昆蟲學家那樣驕傲地大聲說道：「我把他帶來啦。」

「米蘭達，你不是帶他鑽籬笆吧？你應該繞道從旁門進來的。」

「這條路不是更好嗎，」米蘭達回答說，「又快又近。」

「也難走得多。」

「我忘了，」奧利薇夫人說，「我給你介紹過我的朋友巴特勒夫人吧？」

「當然，在郵局裡。」

白羅所指的是他們在櫃檯前排隊的時候，但也只不過是一下子。現在離得這麼近，白羅終於可以好好打量一下奧利薇夫人的這位朋友。上次他看見的只是一個戴著頭巾、身披雨衣的苗條女人。茱迪．巴特勒約莫三十五歲，若是把她女兒比作小樹精、小精靈，茱迪本人則像是一個水精，甚至像是一個萊茵河女神。她弱不禁風，長長的金色秀髮婆娑在肩頭，鵝蛋臉，顴骨略微有些突出，長長的睫毛下一雙大眼顏色恰似大海。

「很高興能當面向您致謝，白羅先生。」巴特勒夫人說，「阿蕊登一邀請，您就來了，真是太好啦。」

「只要奧利薇夫人請我，上刀山下火海我也得去呀。」白羅答道。

「胡說些什麼呀。」奧利薇夫人嗔怪道。

「她相信，十分確信，您能把這樁殘忍的事查個水落石出。米蘭達，親愛的，你去一趟廚房好嗎？烤餅在爐子上的托盤裡。」

米蘭達轉眼就不見了，離開的時候銜著母親微笑，那微笑分明是在說「她想把我支開一會兒」。

「我盡量不讓她聽到這件可怕的事，」米蘭達的母親說，「但我想這根本就不可能。」

「的確如此，」白羅回答說，「沒有什麼比災禍降臨的消息傳得更快的了，尤其是一些慘不忍睹的災禍。不過，」他接著說，「誰也不能生活在真空中，與周圍的一切隔絕。而孩子們似乎特別善於了解這種事。」

「我不記得到底是史彭斯還是沃爾特．史考特爵士曾經說過，『要打聽消息，別忘了問小孩子。』」奧利薇夫人說，「他當然知道自己在說什麼。」

「喬伊絲．雷諾茲好像真的目睹過一樁謀殺案，」巴特勒夫人說，「這簡直叫人無法相信。」

「你相信喬伊絲真的看到了？」

「但我無法相信喬伊絲目睹了這樣一件事竟會沒說。這似乎不像喬伊絲的性格。」

「這裡的每個人，」白羅平靜地說，「似乎都說喬伊絲．雷諾茲很愛撒謊。」

「是否有這種可能，」茱迪．巴特勒說，「某個孩子編了個故事，最後這個故事卻變成真的了？」

「這自然是我們的出發點。」白羅回答說，「喬伊絲．雷諾茲毫無疑問是被謀殺的。」

「你早已『出發』了，說不定你已經查清楚了。」奧利薇夫人說。
「夫人，我哪裡生得出三頭六臂來呢？你總是那麼心急。」
「誰能不急？」奧利薇夫人說，「要是不急，在這年頭什麼事也做不成。」
這時米蘭達端上來一盤烤餅。
「放在這兒可以嗎？」她問道，「我想你們已經談完了，是吧？還有什麼需要我去廚房拿的嗎？」
她的語調中略帶著怨氣。巴特勒夫人把喬治式的銀茶壺放在壁爐的圍欄上，打開電水壺的開關（這開關是在水即將沸騰時關上的）。她沏了茶，給大家斟上。米蘭達莊重而優雅地分發了熱烤餅和黃瓜三明治。
「我和阿蕊登是在希臘相識的。」茱迪說。
「從一座島嶼返回港口時，」奧利薇夫人說，「我掉進了海中。那裡地勢十分險要，水手們衝你喊『跳下來』。當然，他們常常在船離得最遠時喊跳，等你跳下去時就正好；而你會覺得這不可能，於是你一再猶豫，在看上去離得最近時就跳了，而此時船卻離得最遠。」她喘了口氣。「茱迪幫著把我撈了上來，從此我們就結下了不解之緣，對吧？」
「嗯，沒錯。」巴特勒夫人說，「另外，我還挺喜歡你的名字，」她補充說，「怎麼說呢，和人很相配。」
「哦，大概是個希臘名字，」奧利薇夫人回答，「是我自己取的。我並非出於文學上的意義。但阿蕊登[10]的遭遇從未降臨到我頭上。我從未被心愛的人拋棄在希臘島嶼上。」

白羅想像著奧利薇夫人若是一個被拋棄的希臘少女，會是什麼樣子呢？想著想著忍不住笑了，他舉起一隻手掩飾著短髭不讓人看見。

「我們的命運不可能和名字的典故一模一樣。」巴特勒夫人說。

「對呀。我也想像不出你會砍下情人的頭顱。茱迪和荷羅孚尼就發生這種事，對吧？」

「她是出於愛國心，」巴特勒夫人說，「要是我沒記錯，她因此獲得很高的評價，得到了很多獎賞。」

「我不太熟悉茱迪和荷羅孚尼。是在《次經》[11]中嗎？要是這麼去考察，不少人給自己的孩子取了不少奇怪的名字，對吧？把釘子打進別人腦袋裡的究竟是誰呀？是雅伊還是西西拉？我永遠也記不清楚哪個是那男人的名字，哪個是那女人的名字。我想是雅伊。好像不記得有哪個孩子取名叫雅伊。」

10 阿蕊登（Ariadne），雅典神話中克里特島米諾王之女。她愛上雅典國王之子鐵修斯（Theseus），助他解救為米諾王所拘禁的雅典童男童女，並與之私奔至狄亞島。但原本命運女神已將她許配給酒神戴歐尼修斯（Dionysus）。為避免戴歐尼修斯惱怒降禍，鐵修斯將阿蕊登獨自留在寂寞的孤島上。當天夜裡，酒神便將她帶往德里斯山。

11 《次經》（Apochrypha）指《舊約》聖經之七十子希臘文譯本及通俗拉丁文本中，未被希伯來文原本或基督教新教收錄的經文。

「她給他端上美味佳餚。」米蘭達正要撤掉茶盤，突然停下來冒出這麼一句話。

「別看著我，」茱迪．巴特勒對著她的朋友說，「不是我向米蘭達介紹《次經》的。是她在學校學的。」

「這在現代學校中很不尋常，不是嗎？」奧利薇夫人說，「他們反而向孩子傳授神學知識啦？」

「奧姆琳小姐的本意不是這樣，」米蘭達說，「她說現在我們去教堂，聽到的是用當今語言講的道理和故事，失去原有的文學精髓。我們至少應該對權威版本的優美散文體和無韻詩有所了解才行。我特別喜歡雅伊和西西拉的故事，」她補充道，「我永遠也不會想到，」她沉思著說道，「去做這樣一件事。我是說，趁別人入睡時拿錘子釘人家腦袋。」

「千萬別這麼做。」她媽媽說。

「那你會怎麼處置你的敵人呢，米蘭達？」白羅問。

「我會對他們很友好。」米蘭達一邊思索一邊輕輕地說，「做起來很困難，我卻寧願這樣，因為我不願意傷害任何人、任何東西。說不定我會用藥讓他們安樂死。讓他們漸漸進入甜美的夢鄉，永不再醒來。」她收好茶杯和放麵包奶油的盤子說：「媽媽，要是您想帶白羅先生去花園看看，我來洗吧。花圃後面還有一些伊莉莎白女王玫瑰。」

她端著茶盤小心翼翼地走出去。

「米蘭達這孩子真叫人稱奇。」奧利薇夫人說。

「夫人，您有個非常美麗的女兒。」白羅說。

「嗯，我覺得她目前還算好看。但誰知道以後會是什麼樣呢。有的孩子長大了變得又粗又胖，活像是隻餵飽了的豬。不過現在，她像個小精靈。」

「不用說，她很喜歡去附近的石礦花園。」

「有時我真希望她不要那麼喜歡去。老去人煙稀少的地方閒逛怪令人擔心的，就算離村子再近也不行。如今……如今大家成天都提心吊膽。衝著這一點，白羅先生，您一定得查清楚喬伊絲為什麼會死得這麼慘。因為一天不知道實情，我們就一刻也不得安寧，主要是對孩子們不放心。阿蕊登，你帶白羅先生去花園好嗎？我一會兒就來。」

她拿著剩下的兩個茶杯、一個盤子進了廚房。白羅跟著奧利薇夫人從落地長窗走出去。秋日裡的這個小花園很普通，倖存著幾株秋麒麟草，花床上還開著幾朵紫菀，伊莉莎白玫瑰驕傲地頂著粉色的花朵。奧利薇夫人疾步走到一處石凳前坐下，要白羅也一起坐。

「你說你覺得米蘭達像個小樹精，」她問，「那你覺得茱迪像什麼呢？」

「我認為茱迪該叫作烏丁才對。」白羅答道。

「水精？對，對，她看上去就像剛從萊茵河或哪一片海水中浮出來似的。她的秀髮似乎還水淋淋的，但又絲毫不亂，是嗎？」

「她也非常可愛。」白羅回答說。

「你對她怎麼看？」

「我還沒來得及細想，只覺得她很漂亮、很有魅力，但似乎有事情令她憂心忡忡。」

「哦，那當然，哪能不憂心呢。」

「夫人，我希望你能給我講講她的事。」

「嗯，我在旅途中才和她漸漸熟稔。你知道，人確實能交到好朋友，但機會微乎其微。至於其餘的人呢，旅行一結束就分道揚鑣，不再打交道了。但偶爾也有例外的。我和茱迪就是例外，我們還想保持聯繫。」

「那次旅行之前你不認識她？」

「不認識。」

「你對她有一定的了解吧？」

「嗯，只是些很平常的事。她是個寡婦，」奧利薇夫人說，「丈夫死了好多年……他是個飛行員，在車禍中喪生的。大概是一天晚上從這附近的高速公路下到普通公路時，好幾輛車相撞。他好像沒給她留下什麼錢。他死後，她傷心透了，很不願意提起他。」

「她只有米蘭達一個孩子嗎？」

「是的。茱迪平常在附近打打工，沒有固定工作。」

「她認識住在石礦花園的人嗎？」

「你說的是韋斯頓上校夫婦？」

「我說的是前任主人，叫洛林史邁夫人吧？」

「好像是的，我聽說過這個名字。但是死了兩三年了，沒多少人提起她。那麼多活人還不夠提嗎？」奧利薇夫人憤憤地說。

「當然不夠。」白羅答道，「我還得調查一下這一帶死亡的人，以及失蹤的人。」

「誰失蹤了？」

「一個女孩。」白羅回答。

「哦，這樣啊，」奧利薇夫人說，「這種人經常失蹤吧？我是說，她們拿了一次薪水，轉身就去醫院，因為懷孕了，生個孩子叫奧古斯特、漢斯或鮑里斯什麼的。她們要嘛嫁人，或者和哪個相好私奔。朋友們跟我講的多啦，簡直難以置信！這些女孩要嘛成為多產母親們難得的好幫手，要不就偷襪子，或者弄得讓人謀害……」她停下來。「天啊！」她叫道。

「冷靜點，夫人，」白羅說道，「沒有理由認為那個外國女孩被謀殺了，恰恰相反。」

「恰恰相反，什麼意思？我聽不懂。」

「很可能不是。不過……」

他取出筆記本記下一行字。

「你寫什麼呢？」

「過去發生的一些事情。」

「過去，過去，你就知道過去。」

「昨日是今日之父。」白羅簡潔地說。

他把筆記本遞給她。「你想看看我寫的是什麼嗎？」

「當然。我敢打包票那對我沒什麼意義。你覺得需要記下的，我永遠覺得無關緊要。」

他翻開小筆記本。

「死亡名單：洛林史邁夫人（有錢人）。珍妮．懷特（學校老師）。律師的助理員，遭人用刀捅死，曾被控偽造證件。」下面寫著：「歌劇女孩失蹤。」

「什麼歌劇女孩？」

「是史彭斯的妹妹用來稱呼那個『侍伴』女孩的名詞。」

「她為什麼失蹤？」

「因為她有可能犯了法。」

白羅的手指指向下一行。那裡只寫著「偽造」二字，後面打了兩個問號。

「偽造？」奧利薇夫人問，「為什麼要偽造？」

「我也想知道。為什麼要偽造？」

「偽造什麼？」

「偽造了一個遺囑，或者說是遺囑的附加條款……對那女孩有利的條款。」

「不當壓力？」奧利薇夫人試探道。

「偽造比不當壓力嚴重得多。」白羅回答說。

「我不明白這跟可憐的喬伊絲之死有什麼關聯。」

「我也不知道，」白羅說，「不過，正因為如此，所以很有意思。」
「下一個名詞是什麼？我看不清。」
「大象。」
「我看不出這和案子有什麼關係。」
「也許有關係，相信我，」白羅回答，「相信我吧，也許就有。」
他起身。
「我得和你分手啦。」他說，「恕我不告而別，請代我向女主人道歉。說能見到她和她美麗而出色的女兒，我感到非常高興。告訴她，留意那孩子。」
「『媽媽天天告誡我，別在樹林把迷藏捉。』」奧利薇夫人引了句童謠。「好吧，再見。如果你非要弄得神祕兮兮，那就繼續保持神祕吧。你連說都不說要去幹什麼。」
「我約好了明天上午和富勒頓——哈里森——利德貝特事務所的人在曼徹斯特見面。」
「幹什麼？」
「討論偽造遺囑以及相關事宜。」
「然後呢？」
「然後我想詢問當時在場的人。」
「出席派對的？」
「不，準備派對的。」

12

富勒頓—哈里森—利德貝特事務所享有盛譽，那棟樓是典型的老式建築。時光飛逝，如今事務所再也沒有誰姓哈里森或者利德貝特了。裡面只有一位阿特金森先生，一位年輕的科爾先生，還有一位是傑瑞米．富勒頓先生，當年事務所的創辦人之一。

富勒頓先生是個乾瘦的老人，面無表情，聲音嚴肅而冷峻，目光出奇地敏銳。他的手放在一張信箋上，這信他剛剛讀過。他低頭又讀了一遍，仔細品味其中的含義。然後抬起頭，打量著信上介紹的這個人。

「赫丘勒．白羅先生？」

他面前的這個人上了年紀，是個外國人，衣著十分瀟灑，只是腳上的漆皮鞋不太相配。富勒頓先生心中暗想，那鞋恐怕太緊了點吧，從眼角隱約能看出他在忍痛。一個好打扮的外國人，而大家都說他的好話，要他來找我，像刑事局的亨利．拉格倫警官，連蘇格蘭警場退休的史彭斯主任也替他擔保。

「史彭斯主任，是嗎？」富勒頓先生說。

富勒頓認識史彭斯。他在任時工作非常出色，比他職位高的人都十分賞識他。他腦海中隱約還記得一些。有樁案子辦得轟動一時，婦孺皆知；從表面上看似乎沒什麼了不得，像是老套，但事實上不然。當然囉！他記起他的侄子羅伯特插手過那樁案件，他是助理律師。凶手心理有問題，似乎懶得為自己申辯，給人的感覺是只求受絞刑（當時按罪量刑應處以絞刑）。哪像現在只判十五年監禁，或者若干年有期徒刑。殺人償命……真可惜絞刑已經廢除。富勒頓心中暗自思忖著。如今的暴徒們覺得殺個人沒什麼了不得，覺得非得把人殺死了，才沒人認得出來。

史彭斯負責此案的調查，他話不多，頑強地堅持他們抓錯了人。結果他們真的抓錯了人，找到證據證明他們抓錯人的是個外國人，是個比利時警方退休的偵探。他覺得他年紀一定不小，現在更可能已經老糊塗啦，富勒頓心想，不過我還是謹慎為上。他們想要得到一些資訊。他不會提供錯誤的資訊，因為他沒有任何有用的資訊。一樁兒童被害案……

對於凶手，富勒頓先生覺得自己能猜個八九不離十，但又沒那麼確信，因為至少有三個嫌疑人。三個遊手好閒的年輕人，任何一個都可能是凶手。他耳邊回響起「心理不健全」、「精神醫生的報告」之類的話。毫無疑問，案件會以這樣的結論告終。不過，在派對上淹死一個孩子還是比較奇特。雖然有過學生不聽警告搭乘陌生人的車沒有回到家中，最後在附近礫石堆中找到了屍體。但這兩樁案子大不相同。礫石堆。是哪年的事？都過去好多年了。

思索了四分鐘左右，富勒頓先生清了清嗓子（聽得出他得了哮喘病），開口說話。

「赫丘勒．白羅先生，」他又說了一次。「我能幫您什麼忙？我想您是為喬伊絲．雷諾茲這位小女孩的事來的吧？好殘忍的事。真是殘忍。我不知道能幫您什麼忙。對於此案我知之甚少。」

「要是我沒弄錯，您是德雷克家的法律顧問吧？」

「嗯，是的，是的。可憐的雨果．德雷克。人還不錯。從他們買下蘋果林定居下來後，我就認識他們了，都有好些年了。叫人傷心的是，有一年他們在海外度假時，他患了骨髓灰質炎。他的心理健康並未受到什麼損害，不過，他一向是個優秀的運動員，擅長多種運動項目，這種事發生在他身上真讓人難過。得知自己終生殘疾了，哪能不傷心呢！」

「您似乎還負責洛林史邁夫人的法律事務吧？」

「那位姑母，是的。她身體壞了之後搬到這裡來，好住得離侄兒侄媳更近一些。她買下了那棟中看不中用的石礦宅。花了一大筆錢。它不值那麼多……不過她不缺錢，闊得很。她本來可以找到一棟更漂亮的房子，但吸引她、叫她著迷的是採石場。她請來一位園藝家，我相信那人有兩下子。英俊瀟灑，留著長髮，還真有能耐。他在石礦花園裡埋頭苦幹，最終有了成果，《家居與園林》雜誌等還介紹了他。對，洛林史邁夫人善於用人，不僅僅是因為他英俊就栽培他。有些老太太老糊塗了，常常這麼做。但這個小夥子在他那一行是數一數二。

我有點扯遠了，而且洛林史邁夫人死了快兩年了。」

「死得十分突然。」

富勒頓瞪了白羅一眼。

「噢，不，我不覺得。她心臟不好，醫生們勸她盡量少活動，但她不受人支配。她也從不為自己的健康狀況擔憂。」咳嗽了幾聲他接著說：「我們好像離題了。」

「也不見得，」白羅回答道，「要是您不反對的話，我想就另一件事問幾個問題。您能不能告訴我您一位雇員萊斯利．費里的事。」

富勒頓先生吃了一驚。

「萊斯利．費里，」他說，「萊斯利．費里。讓我想想。您看，我還真差點忘了他叫什麼。對，對，沒錯。他讓人用刀砍死了，對吧？」

「我說的就是他。」

「啊，我不能說我能告訴您很多情況，畢竟過了那麼多年了。他是一天深夜在綠天鵝酒店附近被人砍死的。沒抓住凶手。我敢說警方不是找不出嫌犯，只不過未能取得證據而已。」

「做案動機是出於感情糾葛？」白羅問道。

「是的，我覺得一定是，出於嫉妒。他和一位有夫之婦來往。她丈夫開了家酒店，就是伍利社區的綠天鵝酒店，很不起眼。後來小萊斯利和別的女人勾搭上了，據說還不只一個女人。他挺能博得女孩們的好感，闖過一兩次禍。」

「作為您的雇員，您對他滿意嗎？」

「大致來說不太滿意。他有他的優點，對待客戶很有禮貌，簽約見習期間也很好學。要是他能把精力集中到工作上，注意一下自己的行為，不到處拈花惹草的話，情況就會好多啦。用我這種老眼光看，那些女孩子都配不上他。有天晚上在綠天鵝酒店發生了爭執，萊斯利．費里在回家的途中被殺。」

「您覺得應該是某個女孩子，還是綠天鵝酒店的女東家做的呢？」

「事實上，這樁案子誰也弄不清。警方的觀點是說出於嫉妒，但是……」他聳了聳肩。

「您有些懷疑？」

「啊，懷疑過。」富勒頓先生回答，「『地獄比不上受侮辱的女人的怒火』。這句話在法庭上常被引用。有時這是事實。」

「您似乎認為根本不是那麼回事。」

「嗯，我寧願相信證據。警方也希望有更多的證據。我記得檢察官認為不成立。」

「有可能大相逕庭？」

「對，可以列出幾種理由。小費里性格不太穩定。他出身不錯，有個慈愛的母親，是個寡婦。父親不太有出息，讓妻子吃盡了苦頭。我們的小夥子有點像父親。看過一兩回他和一幫可疑的人混在一起。我還是認定他沒有犯法，他還年輕，但我警告他別跟壞人糾纏在一起，別與一些不法行為太緊密。坦率地說，要不是為了他母親，我不會留他做下去。他年輕，也有能力；於是我警告了他一兩次，以為可以奏效。但是如今社會風氣太壞了，十年來犯罪事件一直有增無減。」

「您認為可能有人把他拖下水了，是嗎？」

「很有可能。一旦和這種人糾纏上了，就有危險。一旦想洩密，背上遂讓人捅幾刀的事早已屢見不鮮了。」

「沒有目擊者？」

「沒有。誰也沒看見。怎麼可能看見呢？做這種事，人家早已安排妥當，事先製造不在場證明諸如此類的。」

「說不定還是有目擊者。一般人可能想不到他會在現場，比如說一個孩子。」

「在深夜？在綠天鵝酒店附近？幾乎不可能，白羅先生。」

「或許，」白羅堅持著自己的觀點。「那孩子還記得。孩子從朋友家回來——說不定離自己家不遠——她可能是抄小路從籬笆後面看見什麼了。」

「白羅先生，您的想像力太豐富了。您所說的，我簡直覺得不可思議。」

「我不覺得，」白羅答道，「有些事情有時還真是讓孩子們瞧見了。人們常常沒料到他們會在場。」

「但他們一定會一回到家就講起自己的所見所聞吧？」

「也許不會，」白羅說，「也許他們弄不清是怎麼回事。尤其是見到的事很恐怖的話。

孩子們回到家裡一般不會講起看見車禍或者某種暴力事件。他們守口如瓶，從不對人講起，卻不停地回味著。有時他們感到十分開心，因為自己知道某個祕密，一個藏在心底的祕密。」

「他們總該對自己的母親講吧？」富勒頓先生說。

「我不清楚，」白羅答道，「從我的親身經歷來看，有很多事情，孩子都不願意對母親講。」

「您能否告訴我，您對萊斯利・費里一案為什麼如此感興趣？這個年輕人喪命刀下實在可惜，但是這類事情早已屢見不鮮了。」

「我對他一無所知。我之所以想要了解他，是因為他死於非命，並且時間不太久。說不定其中有重要線索。」

「白羅先生，」富勒頓先生語氣有點尖刻。「我實在弄不懂您為什麼要來找我，也不知道您感興趣的是什麼。您該不是懷疑喬伊絲・雷諾茲之死與這位有能力卻犯過不少錯誤的年輕人之死有關吧？」

「人可以懷疑一切，」白羅反駁道，「從而了解得更多。」

「很抱歉，破案必須靠證據。」

「您大概聽說過，好幾個證人都聽見死者喬伊絲說她親眼目睹過一樁謀殺案。」

「在這種地方，」富勒頓先生說，「一有風吹草動，馬上就傳遍了。而且傳的過程中免不了添油加醋，根本不值得去相信它。」

「您說的也有道理。」白羅說，「我調查過，喬伊絲才十三歲。九歲的孩子有可能會記得自己所目擊的事……有人開車撞人後溜走啦、在漆黑的夜裡持刀搏鬥啦，或者一位女教師被人掐死啦等等。這些或許在孩子的腦海中留下了深刻的印象，同時，她對具體發生的是什麼事又不甚清楚，於是她守口如瓶，腦海中不停地回想著。後來慢慢淡忘了。但是，突然發生的某件事或許能喚醒她的記憶。您覺得這有可能嗎？」

「嗯，對，對，但是……但我覺得還是有點牽強。」

「我聽說，這裡還有一名外國女孩失蹤了。她的名字是叫奧爾加還是索尼亞，姓什麼我不知道。」

「奧爾加．塞米諾娃。對，沒錯。」

「我想她恐怕不太值得信賴？」

「對。」

「她是不是伺候您剛提過的洛林史邁夫人？就是德雷克夫人的姑媽……」

「對，她請過幾個女孩子伺候她，其中有兩個外國女孩。我記得，第一個剛來就跟她鬧翻了；另一個心腸還好，但就是太笨。洛林史邁夫人無法容忍蠢蛋。最後她請到了奧爾加，這最後一次試驗卻很成功，那女孩很合她的意。要是我沒記錯，她不太漂亮，」富勒頓先生說，「個子不高，矮矮胖胖的，不苟言笑，鄰居們不太喜歡她。」

「但洛林史邁夫人喜歡她。」白羅提醒他說。

「她一步都離不開她。這麼依賴她，很不明智。」

「嗯，的確如此。」

「我敢肯定，」富勒頓先生說，「我告訴您的這些，您早就聽說過了，這些事情早都傳遍了。」

「我聽說洛林史邁夫人給女孩子留了一大筆錢。」

「簡直令人震驚，」富勒頓先生說，「洛林史邁夫人的遺囑，許多年來都大致未變，只是增添了一些慈善機構的名稱，或者有些財產繼承者死了，於是畫掉他們的名字。我似乎又在跟您說一些您已經打聽到的事，不知您還感不感興趣。她主要的財產一向都指定由她的侄子雨果．德雷克繼承。德雷克夫人是雨果．德雷克的表妹，就是說，她是洛林史邁夫人的外甥女。他們二人之中誰先過世，財產就由活著的一方繼承。遺囑上給慈善機構以及幾個老僕人也留了不少東西。但她最後一次對遺囑進行更改是在她死之前三週，不是由我們事務所起草的文件，是她手寫的一個補充條款。其中提到了一兩家慈善機構……沒有以前那麼多，老僕人們什麼也得不到，全部財產幾乎都由奧爾加．塞米諾娃一人繼承，說是為了感謝她無微不至的關心和體貼。簡直太令人震驚了，根本不像洛林史邁夫人會做的事。」

「後來呢？」白羅問。

「您大概也聽說過，根據專家鑑定，這個附加條款純屬偽造，它只是有一點像洛林史邁夫人的字體，如此而已。這夫人不喜歡用打字機，常常叫奧爾加替她寫私人信件，模仿她本人的字體，有時還讓她代替簽上自己的名字。奧爾加這樣做過許多次。據說洛林史邁夫人去世後，奧爾加變本加厲，甚至覺得自己模仿老夫人的字體幾可亂真。但是瞞不過專家的眼睛，無論如何也辨不到。」

「你們當時還準備採取更多的行動，來辨別這個文件的真偽吧？」

「沒錯。然而在這段時間那女孩不耐煩了，正如您剛才所說的，她……失蹤了。」

13

赫丘勒．白羅起身告辭之後，傑瑞米．富勒頓坐在書桌前，用指尖輕輕敲打著桌面。然而他的眼睛看著遠方，陷入沉思。

他拿起一份文件，垂下眼睛，但集中不了注意力。電話鈴響了，他抓起話筒。

「邁爾斯小姐嗎？」

「先生，霍爾登先生在等您。」

「我知道了。對，和他約好是三刻鐘之前會面的吧。他有說為什麼來得這麼晚嗎？……好，好，我明白。上次他也是這個原因來晚了。請告訴他，我剛才在和另一個客戶談話，現在時間不夠了。你約他下週再來，好嗎？這樣的事情不能再繼續下去了。」

「是，富勒頓先生。」

他放下話筒，目光落在文件上，沉浸在剛才的思緒當中。他還是看不下去，腦海中浮現出過去的事。過了兩年了，差不多整整兩年。今天上午這位古怪、穿著漆皮鞋、留著大鬍子的小老頭問起各種問題，喚醒了自己的記憶。他耳邊響起了兩年前的一次談話。

他彷彿又看見那個矮胖的身影，坐在他對面的椅子上……棕色皮膚、暗紅色大嘴巴、高顴骨，濃黑的眉毛下一雙藍眼緊盯著自己。那張臉上充滿了感情，充滿了活力，那是一張經歷了不少苦難的臉，也許一直以來都承受著磨難，卻從來沒有學會向苦難低頭。這種人會抗爭到最後。但她現在在哪兒呢？他心中暗想。她還是想辦法逃脫了。她是用什麼辦法逃走的呢？有誰幫她呢？會有人幫她嗎？一定是有人幫了她一把。

他想，她大概是回到中歐某個多災多難的國家，她生在那裡長在那裡，最終不得不回到那裡去，否則除了束手就擒之外，她已無計可施。

傑瑞米・富勒頓堅決維護法律的尊嚴。他相信法律，瞧不起如今很多法官對犯人從輕發落，接受學術界的影響。像學生偷書、年輕的女人從超級市場中偷東西、女孩子們從雇主那裡偷錢、男孩子們偷電話筒中的硬幣等等，他們根本不是走投無路，大多數也並不是真的需要，只是從小被慣壞了，覺得凡是買不起的東西都可以伸手去拿。然而，儘管他堅信應該嚴格執法，富勒頓先生還是很有同情心，他常常對人充滿了同情。雖然奧爾加的自我辯護沒有改變他的想法，他還是對她充滿了憐惜之情。

「我來求您幫忙，我覺得您會幫助我。去年您很親切，您幫我填了表格，讓我在英國再待一年。他們對我說：『你不想回答的問題都可以不回答。律師可以代表你說話。』於是我來找您了。」

「你說的情況……」富勒頓先生記得自己的話多麼冷漠無情，因為他心中充滿了憐惜之情，話語倒顯得愈發冷漠。「並不存在。這次我不能為你辯護，我已經代表了德雷克家。你清楚，我以前是洛林史邁夫人的私人律師。」

「但她死了，她死了就不需要私人律師了。」

「她很喜歡你。」富勒頓先生說。

「是的，她喜歡我。我想跟您說的就是這一點。這就是她想把錢留給我的原因。」

「她所有的錢？」

「是啊，為什麼不行呢？她不喜歡她的親戚。」

「你錯了，她很喜歡她的外甥女和侄兒。」

「嗯，也許她喜歡德雷克先生，但她不喜歡德雷克太太。她覺得她很討厭。德雷克太太總干涉她，不讓她做自己喜歡的事，也不讓她吃愛吃的東西。」

「她負責照顧老夫人，想讓她聽醫生的話，比如說忌口、不要做太多運動等等。」

「一般人都不喜歡聽醫生的話。他們不希望親戚橫加干涉，只希望隨心所欲，想做什麼做什麼，想吃什麼吃什麼。她很有錢，想要什麼都買得起。只要她喜歡，每樣東西她都買得起。她相當富有，花自己的錢，想買什麼都行。德雷克夫婦本身也很富裕，他們有一棟好房子，有好衣服穿以及兩輛汽車。他們好過得很，為什麼還要給他們呢？」

「他們是她僅有的親戚。」

「她希望把錢留給我。她同情我，知道我飽嘗艱辛。她知道我父親被捕後，我母親和我從此再也沒有見過他。她知道我母親後來是怎麼死的。全家人都死了。我忍受了這悲慘的際遇。您不會了解生活在一個警察控制的國家裡是什麼滋味，我以前就生活在這樣一個國家。您都在替警方說話，您根本沒有站在我這一邊。」

「對，」富勒頓先生說，「我是沒有站在你這一邊。我很遺憾這件事發生在你身上，但這一切都是你自己造成的。」

「不對！我沒做過不該做的事！我做什麼了？我待她好，對她言聽計從。我給她弄來許多他們不讓她吃的東西，巧克力、奶油等等。他們只讓她吃菜油，她不喜歡菜油。她想要吃點奶油。她喜歡放很多奶油。」

「這不僅僅是奶油的問題。」富勒頓先生說。

「我侍奉她，我對她如同親人！於是她感激我。她死後我發現她大發慈悲，把所有的錢都留給我了，還讓人在公文上簽了字。而德雷克家的人過來對我說，我不能繼承。他們什麼話都說得出來。說是我逼著她寫的遺囑，還說了些更不像樣的話……太不像話了，他們竟說遺囑是我自己寫的。簡直一派胡言！是她寫的，她寫的。然後把我支開。她叫清潔工、吉姆，還有園丁進來。她說要讓他們在公文上簽字，不要我簽字，因為錢是留給我的。為什麼我不能得到這筆錢？為什麼我不能有點好運氣，不能有點歡樂？當我得知消息後，我有好多憧憬，那感覺簡直妙不可言。」
「我不懷疑，真的不懷疑。」
「我怎麼就不能有自己的憧憬呢？為什麼就不能開心呢？我將過著幸福、富裕的生活，要什麼就有什麼。我做錯什麼了？沒有。告訴您，我什麼也沒做錯，沒有。」
「我努力向你解釋過了。」富勒頓說。
「全都是謊言。您說我在撒謊。您說那份公文是我自己寫的。不是我寫的，是她寫的，誰也無法說不是她寫的。」
「大家說了很多事，」富勒頓先生說，「聽著，別再辯解了。聽我說，洛林史邁夫人寫信時，常常讓你代筆，並讓你模仿她的筆跡，說模仿得愈像愈好，是不是？因為她覺得用打字機寫信十分不禮貌，這種老觀念是維多利亞時代的遺風。如今誰也不在乎信是手寫的還是用打字機打的。而洛林史邁夫人不這樣認為。你明白我的意思了嗎？」
「嗯，明白。她是常常讓我這麼做。她會說：『奧爾加，這四封信你來回，照我跟你說的以及你速記下來的回吧。你用筆來寫，字體寫得和我的愈像愈好。』她讓我練習模仿她的字體，注意每個字母她是如何下筆的。『只要看起來和我寫的差不多就行了，』她說，『然後簽上我的名字。我不想讓人知道我連信都寫不了了。你知道，患了風溼病，我的手腕愈來愈不靈活了，儘管這樣，我還是不願用打字機寫私人信件。』」
「你可以用平常的字體寫，」他說，「然後在末尾寫上『由祕書代筆』不就行了？」

「她不要這麼做。她希望別人認為是她本人動筆寫的。」

富勒頓先生心想，這應該是實情，這像是路易絲・洛林史邁一貫的作風。她深深厭惡提及自己上了年紀、今不如昔的情形，比如說，以前會做的一些事現在做不了、走不了那麼遠或者爬山沒以前快、手沒有以前靈活（尤其是右手）等等。她希望能對別人說：「我的身體棒極了，無論什麼事情，只要我想做都能做。」是的，奧爾加說的是實話。正因為如此，再加上別的一些因素，一開始路易絲・洛林史邁起草並簽字的附加條款才沒有受到懷疑。富勒頓先生回想到，是在他自己的辦公室裡，他們才漸漸起了疑心，因為他和他年輕的合夥人都十分熟悉洛林史邁夫人的字體。是年輕的科爾先開口的。

「我無法相信附加條款出自路易絲・洛林史邁的手筆。我聽說她最近患了關節炎。看看她寫的這些東西吧，這是我從她的公文中挑出來的。這附加條款不太對勁。」

富勒頓先生也覺得不大對勁。他說要請專家鑑定。結果十分明確。各位專家一致認為，附加條款不是出自路易絲・洛林史邁的手筆。要是奧爾加不那麼貪心，富勒頓先生心想，要是滿足於在附加條款一開始寫上（如這份公文的開頭一樣，而最多也只能是這樣），「因為她無微不至地照顧我、對我耐心體貼，我留給她……」接著再註明給這位女孩留下一筆數目可觀的遺產，不就好了。但是把所有的親屬全部撇開，特別是她的侄兒——近二十年中，她所立的四份遺囑裡，他一直是她的所有財產繼承人——而把一切都留給外人奧爾加・塞米諾娃，這不像路易絲・洛林史邁會做的事。事實上，只要解釋她是受到了不當壓力就可能推翻這樣一份文件。不行，這個急脾氣的孩子太貪心了。也許洛林史邁夫人說過要給她留點錢，因為她無微不至地照顧她，因為她心地善良，因為她滿足了老太太的一切要求而得到老太太的寵愛。由此奧爾加便憧憬著她會得到一切，老太太會把一切都留給她，她會得到所有的錢……所有的錢，還有房子、首飾，一切的一切。貪心的女孩，現在遭報應了。

富勒頓先生違背了自己的意願，無法堅持作為一名法律工作者應有的立場，忍不住憐惜起她來，對她寄予了深切的同情。自從呱呱落地之日起，她就飽嘗了艱辛，飽嘗一個由祕密警察控制的國家的暴力，失去了雙親，又失去了姐姐和哥哥，受到了種種不公正的待遇，時時在恐懼中度過，這一切造成了她的個性。這種性格無疑自她出生之日就形成，然而從前都沒有機會顯露出來。那是種孩子氣的貪婪之心。

「每個人都和我過不去，」奧爾加說，「每個人。你們都和我作對。你們這麼做不公平，僅僅因為我是個外國人，因為我不屬於這個國度，因為我不知道該說什麼、該做什麼。我該怎麼辦？您為什麼不告訴我？」

「我真的覺得你無法再做什麼。」富勒頓先生說，「你最好講明實情才有機會。」

「要是我按照你們希望的去講，那根本是撒謊。是她寫下遺囑的，她在那兒寫的，別人簽字時她讓我出去了。」

「你知道嗎，有許多對你不利的證據。有人會說洛林史邁夫人經常不知道自己在什麼文件上簽字。她有好幾種文件需要簽字，簽字前，她通常不會細看是什麼文件。」

「那人不知道自己在說什麼。」

「親愛的孩子，」富勒頓先生說，「你最大的指望在於你是初犯，而且你是外國人，你只是粗通英文。你也許會被從輕發落，或者還能判緩刑。」

「噢，您只不過說說而已。說得好聽，我會被送入大牢永遠關起來。」

「看，你又在胡說了。」富勒頓先生說。

「我要是能逃走就好了，希望我能逃走、藏起來，讓誰也找不著。」

「一旦發了通緝令，在哪兒都能把你找到。」

「要是我跑得快就不至於。要是我馬上離開、有人幫我的話就不會。我能逃走，逃離英國，乘船或搭飛機都行。我可以找人偽造護照簽證以及一切必需的證件。有人會幫我。我有一些朋友，一些喜歡我的人。有人會幫我逃走，從此消失。我需要的就是這些。我可以戴假髮，也可以拄著兩根柺杖走路。」

「聽著，」富勒頓先生嚴肅地說，「我很同情你。我可以推薦你一位律師，他會盡全力幫助你。你不能指望一走了之。你說這話簡直像個三歲孩子。」

「我有足夠的錢。我存了不少錢。」接著她又說，「我知道您努力想幫我，是的，我知道。但是您不會採取任何行動，因為這和法律有關。不過有人會幫我，有個人會。我要逃到一個任何人也找不到的地方。」

沒有人找到過她。他想知道，是的，他很想知道她待在哪裡？可能在哪裡？

14

走進蘋果林宅，僕人請赫丘勒．白羅在客廳就座，告訴他德雷克夫人隨後就到。

穿過大廳時，白羅聽見女人們嘰嘰喳喳的聲音，他覺得是從餐廳裡傳出來的。

白羅走到窗前看著外面整齊而美麗的花園。布局不錯，管理得也很好。紫菀還在怒放，菊花亦是一派生機盎然的景象，甚至還有一兩枝玫瑰傲視著冬天的漸漸來臨。

白羅看不出這裡有園藝家的半點用心。一切都遵循著傳統，只是培育得相當不錯。他心想德雷克夫人是否有些令米契．加菲爾招架不住。他在這裡必然會枉費心機。一眼就能看出，這只不過是一個精心護理的鄉下普通花園。

門開了。

「真抱歉，讓您久等了，白羅先生。」德雷克夫人說。

大廳外嘰嘰喳喳的聲音漸漸弱了下去，人們不斷離去。

「是為了討論舉辦聖誕慶典的事。」德雷克夫人解釋說，「籌委會成員在我這裡開會，商量一下究竟該怎麼安排。這種會一開起來就沒完沒了。總有人提出反對意見，或者說有好主意，而好主意往往根本行不通。」

她的語氣顯得憤憤不平。白羅完全想像得出，德雷克夫人會毫不留情地指出一些意見的荒謬之處。從史彭斯妹妹以及別人的暗示中，還有其他種種管道，他了解到任娜·德雷克獨斷專行，大家都指望她挑大梁，卻又都不感激她。他也能了解，她雖然盡職盡責，卻不會受到與她個性相當的長輩寵愛。他聽說洛林史邁夫人之所以搬到這裡，是為了離侄兒、侄媳近一點，因此雖然不住在同一棟房子裡，侄媳實際上已準備好照顧老太太的飲食起居。很可能洛林史邁夫人心底也十分感激任娜·德雷克，但無疑對她的專斷又極為不滿。

聽到大廳的門終於關上了，任娜·德雷克說：「好了，終於都走啦。您找我有什麼事？還是關於那次可怕的派對嗎？但願我沒有在家裡舉辦那次派對才好。可是別的房子又都不合適。奧利薇夫人還待在茱迪·巴特勒家嗎？」

「是的。我想她一兩天後要回倫敦去了。您以前沒有見過她吧？」

「沒有。不過我很喜歡看她的作品。」

「是啊，大家都公認她是個一流作家。」白羅說。

「嗯，她是個一流作家，毫無疑問。她本人也很有意思。她有自己的看法……她大概知道是誰下的毒手吧？」

「我看她不知道。您呢，夫人？」

「我已經跟您說過了，我一點頭緒都沒有。」

「您也許只是這麼說說，而事實上，或許您已經有了……怎麼說呢，一個很有價值的看法，但僅僅有個輪廓，還不太成熟而已，卻是一個不無可能的看法。」

「您怎麼會這麼想呢？」

她好奇地打量他。

「您是不是看見什麼了……一件很小、很不起眼的事，但是愈想愈覺得不像當初感覺的那樣無關。」

「白羅先生，您應該是意有所指吧，是某件事故？」

「嗯，我承認。因為有人跟我提起過。」

「果然如此。是誰呢？」

「惠特克女士，那位小學教師。」

「哦，原來是她。伊麗莎白·惠特克，是榆樹小學的數學老師，是吧？我記得開派對時她在。她看見什麼了嗎？」

「與其說她看見了什麼，不如說她覺得您也許看見了什麼。」

德雷克夫人詫異地搖搖頭。

「我可能看見什麼呢？我一點也想不起來。」德雷克夫人說，「可是誰知道呢。」

「和花瓶有關，」白羅說，「一個插滿花的花瓶。」

「一瓶花？」任娜·德雷克迷惑不解地問。接著她的眉頭舒展開了。「哦，對，我記起來了。是的，樓梯角的桌上插著滿滿一花瓶的菊花和樹枝。是一只漂亮的玻璃花瓶，我結婚時收的賀禮。其中有幾片樹葉垂下來了，幾朵花也謝了。我記得是穿過大廳時發現的，那時派對大概要結束了吧，我也記不太清楚。我心中暗自納悶，怎麼會弄成這樣，於是我上樓，把手伸了進去，原來不知哪個呆瓜把它擺好之後，居然忘了加水。我很惱火，後來就端著花瓶進洗手間灌水去了。我在洗手間能看見什麼呢？裡面又沒有人。我不排除派對期間有一兩個大一點的女孩和小夥子去過那裡，按美國人的說法，叫『摟摟抱抱親熱一下』，但我端著花瓶進去時絕對沒有人。」

「不，不，我不是那個意思，」白羅說，「我聽說發生了一件意想不到的事。花瓶從您手中滑落，滾下客廳摔碎了。」

「哦，是的，」任娜說，「摔了個粉碎。我一下慌了，因為我說過，那花瓶是我的結婚賀禮，而且非常精緻實用，插滿一束花完全沒問題。我太笨了，手竟然滑了一下，花瓶從我手中掉下去，砸在大廳地板上摔碎了。伊麗莎白·惠特克恰好站在那兒。她幫我拾起碎片，把玻璃渣掃到一邊，生怕有人踩上。我們把渣渣掃到大立鐘旁的角落裡，等派對結束後再清除。」她看著白羅。「這就是您說的『意想不到的事』？」

「對，」白羅答道，「我猜惠特克小姐是感到奇怪，您怎麼會把花瓶摔了呢。她覺得您是受了驚嚇。」

「我受了驚嚇？」任娜・德雷克看著白羅，又皺起眉頭思索了一陣。「不，我根本沒有受驚嚇。有時候一不小心東西就掉下去了，比方說洗東西的時候。我想是因為太累了。當時我已經筋疲力竭，為派對做準備，主持派對，忙得不可開交。應該說進展得很順利。我覺得是因為……啊，累了就沒辦法，不小心就會出錯。」

「您確信沒有什麼事情嚇著您嗎？比如說看到出人意料的一幕？」

「看見什麼？在哪兒呢？樓下大廳裡？我什麼也沒看見。當時大家都在玩蹦龍的遊戲，大廳裡空盪盪的，對啦，只有惠特克小姐一個人在。但直到她過來之前，我幾乎不曾注意到她。」

「您有沒有看見誰從圖書室裡出來？」

「圖書室……我明白您的意思了。對，我應該能看見。」她停頓了好一陣，然後緊盯著白羅說：「我沒看見任何人從圖書室裡出來，根本沒有……」

他不相信，她愈是這樣說，他心中愈是懷疑。她沒有說實話，實際上她看見了某個人，或者看見門開了一條縫，或者瞥見了圖書室裡的那個人。但她否認得十分乾脆。他想知道她為什麼否認得那麼乾脆？是因為她不願意讓那個人和謀殺案扯上關係嗎？是不是她十分關心的人？更有可能的是，她想保護那個人。說不定那個人尚未成年，她覺得他還不清楚自己幹了一件多麼可怕的事。

他覺得她雖然是個厲害人物，但還是很正直。像她這種女人常常從事管理工作，主持一個委員會或某項慈善事業，關心對公眾有利的事。同時她們又過分強調情有可原，常常為年輕的罪犯尋找藉口，例如未成年的男孩子或者智力發展遲緩的女孩子，他們往往能博得她們的同情。若是看見這類人從圖書室出來，她很可能會出於本能想保護他們。如今犯罪的孩子年齡都很小，在哪個年齡層還不可知。七歲？九歲？他們通常在青少年法庭受審，看來很難弄清應該如何杜絕青少年犯罪。常常有人為他們找出不少藉口，比如說家庭破裂、父母照顧不周等。然而最最賣力為他們說話、為他們找出藉口的往往是任娜·德雷克這種人。而她們平時卻總是十分嚴厲，相當吹毛求疵。

白羅本人不贊成她們的做法。他第一步想到的永遠是正義。他向來對慈悲為懷抱持懷疑態度……意指過多的慈悲。從他在比利時以及這個國家的經歷看，他覺得濫用慈悲往往釀成大禍。要是把正義放在首位、其次才是慈悲的話，許多無辜的犧牲者就不會白白送命了。

「我明白了，」白羅說，「我明白了。」

「您覺得惠特克小姐會不會看見誰進了圖書室？」德雷克夫人提醒道。

白羅饒有興致地問：「啊，您認為有可能？」

「只是覺得有這種可能性。比如說五分鐘或更早以前，她見到有人進圖書室。我不小心砸了花瓶時，她說不定以為我也瞥見了那個人，而且我看清了他是誰。有可能她因為沒看清楚而不願說出那人是誰，怕引起誤會。也許看見的是個孩子，或者某個年輕人的背影。」

「夫人，您是覺得她見到的人是個孩子，或者說他還未成年？您認為我們正在探尋的肇事者極有可能是這類人？」

她思索再三才說：「是的，我的確這麼認為，不過也還沒有想明白。在我看來，現在的案件往往與年輕人有關。誰也弄不清他們究竟在幹些什麼，有的只是想復仇，有的是想要毀滅一切。甚至那些砸電話筒、刺破汽車輪胎以及進行種種破壞活動的人，他們這麼做只是出於仇恨。倒不見得是恨某個人，而是恨整個世界。這是時代病。於是，看到一個孩子無緣無故地在派對上被淹死，人們自然會聯想起幹這事的人還不能為自己的行為負責。您是否也覺得……覺得在這樁案子中，這種可能性很大？」

「警察和您的觀點一致……至少以前是，我覺得。」

「哦，他們會查清楚。我們這一帶的警察十分優秀。好幾樁案子他們都處理得很漂亮。他們兢兢業業，從不輕易放棄。這樁案子他們應該能破，不過可能要一段時間，得花好一陣子取證。」

「夫人，本案的取證工作相當困難。」

「對，我也這樣認為。我丈夫發生意外時——他腿不方便——他正在過馬路，一輛小汽車從他後面駛來把他撞倒在地。一直沒有找到肇事者。也許您不知道，我丈夫身患骨髓灰質炎。他六年前患上的，身體部分癱瘓，後來稍有好轉，但腿還是不方便。車向他飛駛而去，他躲避不及。我甚至覺得責任全在我。他出門從來不讓我跟著，也不讓任何人攙他，因為他討厭有人侍奉他，妻子也不行。而且他過馬路一向很小心。可是一旦事故發生了，我還是深深自責。」

「事故發生在您的姑媽過世之後嗎？」

「不是。過沒多久她才去世。人們不是常說『禍不單行』嗎，我覺得就是。」

「對，的確如此。」赫丘勒．白羅說。他又問道：「警方也沒有找到肇事車輛嗎？」

「我記得是一輛蚱蜢七型的車。要知道，路上跑的每三輛小汽車當中就有一輛是蚱蜢七型的……或者說當時是這樣。他們告訴我說，那是市場上最暢銷的一種。他們相信是從曼徹斯特的一個停車場偷來的。主人姓沃特豪斯，是曼徹斯特的一位老商人，經營種子生意。顯然他不是肇事者。車無疑是被不負責任的年輕人偷走的。這些不負責任的年輕人，或者說殘酷無情的年輕人，如今受到的懲罰太輕了。」

「應該多關幾年牢。只是罰款，而且罰款還是溺愛他們的親屬繳交的，完全沒用。」

「我們不能忘記，」任娜．德雷克說，「他們這個年齡非常重要，如果不讓他們繼續就學，就別指望他們這輩子能做什麼好事了。」

「神聖的教育事業，」赫丘勒．白羅說，「這種說法我是聽學術界的權威人士說的。我覺得大家都應該重視教育。」

「教育也不是萬靈丹，比方說，對於一個家庭破碎的孩子來說。」

「您覺得對他們應該有別的處罰措施而不是關在監牢？」

「採取恰當的補救措施。」任娜・德雷克堅定地說。

「這樣就能『用母豬的耳朵做出絲質錢袋』來？您不相信這個格言：『每個人的命運都牢牢地繫在自己的脖子上』？」

德雷克夫人顯得大惑不解，又有點不悅。

「是一句伊斯蘭格言。」白羅說。

德雷克夫人似乎並不在意。她回答說：「我們不要照搬中東的觀點……或者說空想才好。」

「我們必須接受事實，」白羅說，「現代生物學家……西方生物學家指出，」他猶豫了片刻，又接著說：「一個人行動的根源在於基因構成。也就是說，一個人若在二十四歲時殺人，實際上兩三歲、三四歲時就已有了苗頭。或者說，數學家、音樂天才都是從小就跟一般人不一樣。」

「我們討論的不是謀殺，」德雷克夫人說，「我丈夫死於車禍，是一個莽撞而不負責任的人造成的。不管肇事者是個孩子或年輕人，都還有希望接受這樣一種信念：人應該多為別人著想，在不經意中要了別人的性命是絕對不容許的，即使不是故意，或只是過失犯罪。」

「如此看來，您確定肇事者不是故意的？」

「我應該有所懷疑才對，」德雷克夫人有點吃驚。「警方好像也沒有真正考慮過這種可能性。我還真沒想過，只當是個事故。一場悲慘的事故改變許多人的生活，包括我自己。」

「您說我們討論的不是謀殺，」白羅說，「但喬伊絲一案是我們討論的主題。這根本不是事故。一雙手故意把她的頭部按入水中，等淹死了才鬆開，這是蓄意謀殺。」

「我知道，我知道。太可怕了。我連想都不願想起，更不願提這事。」

她站起身不停地踱來踱去。白羅不理睬她的話，繼續說道：「我們還面臨著一種選擇，還得找出做案的動機。」

「我覺得這種案件似乎沒什麼動機。」

「您指的是凶手精神錯亂，以殺人為樂？特別想殺未成年人？」

「這種事也不是沒聽過。真正的原因很難查明，甚至精神病專家也都沒有定論。」

「您不打算接受一個簡單的解釋？」

她迷惑不解地問：「簡單的？」

「凶手沒有精神錯亂，根本不是精神病專家眾說紛紜的那種案件。有可能凶手只是想獲得安全感。」

「安全感？哦，您是指……」

「就在那天，幾個小時前，那孩子還誇口說她親眼目睹某人殺了人。」

「喬伊絲是個傻女孩，」德雷克夫人不慌不忙地說，「常常說謊話。」

「別人也都這麼說，」赫丘勒．白羅答道，「您看，我也漸漸相信，既然每個人都這麼說，那必定就是了。」他嘆了口氣。

他站了起來，態度也變了。

「夫人，真對不起。在您面前提起了那麼多的傷心事，而這些事其實和我沒有任何關係。但據惠特克小姐說……」

「您為什麼不再找她談談？」

「您是說……」

「她是老師。她所教的孩子們有哪些潛在的可能性（照您的話說），她比我要清楚。」

過了一會兒她說：「還有奧姆琳小姐。」

「校長？」白羅很是吃驚。

「對。她很有判斷力。我是說，她簡直是個心理學家。您說我也許知道是誰殺了喬伊絲……只是尚未成熟的觀點。我其實不知道，但奧姆琳小姐也許知道。」

「真有意思……」

「我不是說她有證據，而是說她知道。她可以告訴您，不過我覺得她不會。」

「我現在感覺到，」白羅說，「我的路還長著。有些人知道，但就是不願意對我說。」

他若有所思地看著任娜．德雷克。

「您的姑媽曾經有位外國女孩子侍候她吧？」

「本地的流言蜚語您似乎句句都聽見了。」她面無表情地說，「沒錯，是有過。姑媽死沒幾天，她就突然走了。」

「似乎不是無緣無故的吧。」

「不知道這樣說算不算誹謗她，然而無疑的，她是偽造了我姑媽遺囑中的一個附加條款……也許是有人幫她偽造的。」

「誰？」

「她和在曼徹斯特一家事務所工作的某個人很熟。他以前偽造過證件，還上了法庭。因為這女孩子後來失蹤，這樁案子一直沒有審理。她猜測到那份遺囑認證時通不過，還會打官司，於是就走了，再也沒有消息。」

「聽說她也生長在一個破碎的家庭。」白羅說。

任娜．德雷克狠狠地瞪著他，他卻一臉微笑。

「謝謝您告訴我這麼多，夫人。」他說。

§

出了德雷克夫人家，白羅看見大路旁邊有條小道，路標上寫著「公墓路」，他就沿著小道信步走去。大約走了十分鐘，公墓就出現在他眼前。顯然這座公墓建成不過十年，可能是伍利社區發展起來之後的配套設施。教堂的規模屬於中等，有兩三百年的歷史，院子不大，早已葬滿。於是就在兩片田野之間修了新公墓，有小道和教堂相連。白羅眼中的新公墓井然有序，大理石和花崗石板上銘文寫得恰到好處；墓前都有雙耳瓶、小雕塑，種了些灌木和花。沒有舊式的墓誌銘。古玩家對這裡不會有多大興趣。它只是整整齊齊、乾乾淨淨，表達出親人們的哀思。

他停下來看著幾個兩三年前修的墳墓，其中一塊豎起的墓碑上寫著「任娜・阿拉貝娜・德雷克之夫雨果・艾德蒙德・德雷克之墓，歿於一九……年三月二十日。在此長眠」。

白羅對渾身洋溢著活力的任娜・德雷克記憶猶新，不禁暗想：故去的德雷克先生，說不定只有在睡眠中才能得到片刻安寧。

一個石膏製成的花瓶有一半埋在土裡，裡面插著一些花。一位年老的園丁顯然受雇於看護這些已離開人間的富人之墓。他朝白羅走過來，把鋤頭和掃帚放在一邊，想和白羅搭上幾句話。

「第一次來這裡吧，」他說，「是嗎，先生？」

「一點也沒錯，」白羅說，「我們從未謀面，這些死者我一個都不認識。」

「啊，對。」他接著說，「您看那邊角落裡，死者是個善良的人，德雷克先生。他腿跛了。他得的是小兒痲痺症，人們都這麼說，但得病的常常不是嬰兒。成人也得這種病，男人女人都有。我老伴有個姨媽在西班牙染上了這種病。她去那兒旅遊，在某條河裡洗了個澡。然後來人們說是經由水感染的，不過我覺得他們也只是猜測。醫生們並不同意這種說法。然而如今不同了，他們給孩子接種疫苗，發病的情形比過去少多了。嗯，他這人不賴，連一句也沒有抱怨，腿壞了他心裡一定很難受。他以前是個了不起的運動員，常為村裡的棒球隊效力。他球技高超，立下了汗馬功勞。嗯，好人啊。」

「他死於車禍，是嗎？」

「是的，穿過馬路時。都到深夜了。一輛車開過來，車上兩個小夥子的鬍子都快留到耳朵上了。我聽說他們連停都沒停一下，一溜煙跑了，看都沒看一眼，然後在二十英里外的一個停車場把車扔下。不是他們自己的車，是從某個停車場偷來的。唉，真可怕，如今車禍多了。警察總是沒有辦法。他妻子對他非常好。這對她的打擊太大了。她幾乎每週都來這裡看他，帶鮮花插在這兒。嗯，他倆十分恩愛。她在這裡待不了多久了。」

「是嗎？她不是有棟很漂亮的房子？」

「嗯，對。她在村子裡辦了不少事，您知道，什麼婦女協會啦，茶會啦，以及各種團體的活動，總是她主持。有些人覺得她管太多，有點專橫。有人說她獨斷專行，還愛管閒事。但牧師信賴她，她有號召力。像婦女集會什麼的都少不了她，還組織出去旅遊、遠足。我沒對老伴說，但心裡常想，女人們熱中於這些公益活動並不讓人覺得可愛。她們倒是挺精通，老是告訴你該做什麼不該做什麼，一點自由都沒有。如今我們沒什麼自由了。」

「您覺得德雷克夫人要離開這兒？」

「她要是離開這兒出國去，我也不覺得奇怪。他們喜歡待在國外，以前常出去度假。」

「您為什麼認為她會離開這兒呢？」

老人臉上剎那間浮現出揶揄的笑。

「啊，怎麼說呢，這裡她能做的事都做完了。用經書上的話來說，她需要另闢一片葡萄園來耕種。她需要更多的社會工作。這裡再沒有多少事好做了。她全做完了，甚至已經超額完成（有人這麼想）。就是這樣。」

「她需要一片新的土地來開墾？」白羅說。

「您說對了。最好換個地方住下來，可以轟轟烈烈地做一番，還可以唬住一大批人。她把我們已經調教得差不多啦，還有什麼好做的呢？」

「也許是吧。」白羅回答。

「甚至連丈夫都不需要照顧了。她照料了他好幾年，也算是生活的一個重心吧。有這樁事，再在外面弄些活動，她就可以成天忙個不停。她這種人就喜歡忙忙碌碌。她沒有孩子，真是遺憾。所以我覺得她換個地方可以從頭開始。」

「您說的還真有理。她要上哪兒去呢？」

「我也不知道。不外乎是某個避暑勝地，或者去西班牙、葡萄牙、希臘……我聽她說起希臘的島嶼。巴特勒夫人去那兒旅遊過。」

白羅笑了。

「希臘，」他喃喃地說。接著他問：「您喜歡她嗎？」

「德雷克夫人？說不上真的喜歡。她做人不錯，對鄰居盡職盡責。但與此同時，她總想讓鄰居覺得她有權威。其實這種人大家都不是特別喜歡。還教我怎麼修剪玫瑰花，我本來就很擅長啦。總勸我種點新品種的蔬菜，我覺得白菜夠好了。我就愛吃白菜。」

白羅微笑著說：「我該走了，您能告訴我尼可拉斯．蘭森和戴思蒙．霍蘭住哪兒嗎？」

「過了教堂，左邊第三棟就是。他們住在布蘭德夫人家，每天去曼徹斯特工業大學上學。現在應該到家了。」他饒有興致地瞥了白羅一眼。「您也是這麼想的？有些人已經這麼覺得了。」

「不，我現在還沒什麼想法。但他們當時在場，僅此而已。」

沒走多遠白羅就暗自思忖：「在場的人，我差不多都見到了。」

15

兩雙眼睛不安地看著白羅。

「我們沒什麼好跟您說的。警察已經盤問過我們了，白羅先生。」

白羅的視線從一個男孩移到另一個男孩身上。他們應該沒把自己當男孩；他們努力裝得像大人。還挺像的，倘若閉上眼睛，別人還當是兩位俱樂部老會員在交談呢。尼可拉斯才十八歲。戴思蒙十六歲。

「應朋友之命，我走訪在場所有的人。不是開派對時在場，是準備派對時在場的人。聽說你們兩個都挺活躍。」

「對，是的。」

「到現在為止，」白羅說，「我已經拜訪過清潔工，聽取過警方的意見，還跟驗屍的醫生談過，也見過了在場的一位女教師以及學校的校長，還有痛不欲生的死者家屬，村子裡的流言蜚語也聽了不少……順便問一下，本地有個女巫是嗎？」

兩位年輕人看著他大笑起來。

「您指的是古德博迪太太吧。對，她是裝扮成女巫參加派對的。」

「現在我來拜訪你們年輕一代，」白羅說，「你們眼睛尖、耳朵靈，又掌握先進科學知識，才思敏銳，我很想聽聽，很渴望聽聽你們對這件事的看法。」

看著面前的兩個男孩，他心中思索著，十八歲，十六歲，警察稱他們青年，他覺得他們還是孩子，報社記者管他們叫青少年。叫他們什麼都可以，總之是時代的產物。為了引起話題，他奉承了他們半天，不過即使他們沒有他吹捧的那麼聰明，也不會笨到哪裡去。他們參加了派對。那天早些時候他們還在德雷克夫人家幫了不少忙。

他們爬上梯子，把南瓜放在選好的位置，給彩燈通上電。不知道哪一個還製作了一大疊照片，效果不賴，用來騙那群小女孩說是她們未來丈夫的幻影。他們恰恰處在這個年齡，讓拉格倫警官和老園丁頓起疑心。最近幾年這個年齡層的做案率大大提升。白羅本人倒沒有真的懷疑他們二人，但是任何可能性都存在。甚至兩三年前那場事故的肇事者也可能是個男孩，十二歲、十四歲都可能。近來新聞報導中比比皆是。

白羅時刻記著這種種可能，卻暫時不願細想，只是集中精力試圖去評價兩位年輕人，打量他們的面容、服裝、神態，聽他們的聲音，用赫丘勒．白羅特有的方式把自己偽裝成一個什麼也不懂的外國人，如同戴上一個面具不停地奉承他們，好使他們消除戒心，甚至有點小看他……儘管他們努力隱藏起不屑之情。兩個人都很有禮貌，十八歲的尼可拉斯長髮披肩，留著落腮鬍，穿著一身黑衣，簡直像是喪服。這倒不是因為前幾天的悲劇，只顯然出於他的個人偏好。年紀小點的那位穿著玫瑰色的天鵝絨上衣，淡紫色長褲，襯衫鑲著絲邊。不用說，兩人在衣著上花了不少錢，看得出不是當地買的，很可能也不是父母或監護人買的，而是他們自己添置的。

戴思蒙頭髮呈薑黃色，有不少的絨毛。

「派對那天上午或下午，你們幫著做了不少準備工作是嗎？」

「那天下午，早一點的時候。」尼可拉斯糾正他的話。

「你們做了些什麼？我聽好幾個人說過，但還是沒弄清楚。他們說的也不一致。」

「其中之一是安裝了許多燈。」

「太高的就爬上梯子去裝。」

「聽說照相效果很不錯。」

戴思蒙把手伸進口袋掏出一疊東西來，不無驕傲地從中間抽出幾張卡片。

「我們事先都弄好了，」他說，「假裝成女孩的丈夫，」他解釋道，「她們都差不多，人都這樣，都希望是時髦點的人。這些都不賴吧？」

他遞了幾張給白羅，白羅興致盎然地看著那些模模糊糊的照片，上面一個年輕人長著黃鬍子，另一個頭髮像一輪光環，第三個的頭髮幾乎垂到膝蓋上，還有幾個留著短髭，臉上還有別的裝飾品。

「每張都不同。怎麼樣，還可以吧？」

「你們大概請了模特兒吧？」

「哦，就是我們兩個，僅僅是化化妝而已。尼可和我一塊弄的。有的是他拍我，有的是我拍他。只是用毛髮造成了不同效果。」

「真聰明。」白羅說。

「我們故意拍得模糊一點，這樣看上去更像是幻象了。」

另一個男孩子說：「德雷克夫人高興極啦，一直稱讚我們，她自己也被逗笑了。我們在那裡主要是弄電燈，裝一兩個燈泡在合適的位置，等手執鏡子的女孩坐好，我們就把照片往螢幕上一掠而過，那女孩就在鏡子裡看見一張臉，還有頭髮、鬍子之類的也能看見。」

「她們知道那是你們嗎？」

「啊，當時可能不知道。她們都被蒙在鼓裡。她們知道我們在那兒幫忙，但不知道鏡子裡就是我們。她們都不太聰明。另外，我們還化了妝，不大能看出來。先是我，然後是尼可拉斯。女孩們尖叫著，好玩死了。」

「那天下午有哪些人在場？我好像沒問過你們吧？」

「派對上大概有三十個人，我也沒太留意。下午有德雷克夫人（當然囉）、巴特勒夫人、一位小學教師，大概是姓惠特克。還有一位可能是弗萊特巴太太，不知是風琴師的妻子還是妹妹。還有弗格森醫生的藥劑師莉依小姐，那天下午她休息就過來幫忙了，還有幾個孩子也來幫點忙。不過我覺得他們什麼也沒幫到。女孩子們四處閒逛，笑個不停。」

「嗯，你記得有哪幾個女孩子嗎？」

「啊，有雷諾茲家的孩子。可憐的喬伊絲自然在，就是遇害的那個，還有她姐姐安兒。安兒真可怕，傲得不得了，自以為聰明絕頂，科科得『優』都沒問題。她的小弟弟利奧波討厭死了，」戴思蒙說，「他鬼鬼祟祟的，偷聽別人的祕密，還撒謊，真煩人。還有貝翠絲・阿德利和凱西・格蘭特。另外有幾位是真正幫忙的，我是指清潔工，還有女作家，就是請您來的那位。」

「有男人在嗎？」

「有，牧師來看了看。一個糊里糊塗的好老頭。還有新來的副牧師。他一緊張就結巴，來這裡還沒幾天。別的都記不起來了。」

「聽說你們聽見喬伊絲・雷諾茲說她目睹過一樁謀殺案？」

「我沒聽到，」戴思蒙說，「她真說了嗎？」

「對，他們都這麼說。」尼可拉斯說，「我也沒聽見她的話，當時我可能不在屋裡。她在什麼地方、什麼時候說的呢？」

「在客廳。」

「哦，對。大部分的人都在客廳，只有幾個除外。」戴思蒙說，「尼可和我自然在女孩們玩鏡子遊戲看未來丈夫的那個房間裡。我們在繞線什麼的，要不就在樓梯上裝彩燈。我們進過客廳一兩次，擺放好南瓜，把幾個掏空的掛起來，在裡面裝上電燈。但我們在的時候，我壓根就沒聽見她說這些。尼可，你呢？」

「我也沒有，」尼可回答。他覺得很有趣，又說：「喬伊絲真的說她看見過一樁謀殺案嗎？要是真的看見過，那就太神奇了！」

「為什麼神奇？」戴思蒙問。

「嗯，是第六感，是吧？我覺得就是。她看見了一樁謀殺案，過了一兩個小時自己就被謀害了。恐怕她是看到了與未來有關的景象，挺叫人深思的。最近的一些實驗似乎顯示這種情況是能夠避免的，用電擊或者什麼別的東西修復頸靜脈。我在雜誌上看到的。

「第六感一直沒研究出什麼成果。」尼可拉斯不無譏諷地說，「人們坐在屋子裡看一疊卡片，或者是幾句話，旁邊配有幾何圖形。但從來沒有人真正看對了，或者說微乎其微。」

「不過得讓非常年輕的人看才行。青少年比老人強。」

赫丘勒．白羅不想讓這高科技的對話繼續進行下去，就插話說：「你們是否記得，當時有沒有令人害怕或者很特別的事發生？也許別人都沒注意到，你們卻注意到了？」

尼可拉斯和戴思蒙都使勁皺著眉頭，不用說是在絞盡腦汁想找出點重要線索。

「沒有，就是嘰嘰喳喳地說話，搬東西，做事。」

「你自己有沒有什麼推測？」白羅對著尼可拉斯說。

「什麼，關於是誰殺害了喬伊絲嗎？」

「對。我是指，也許你注意到了什麼，使你純粹從心理學的角度產生了懷疑。」

「哦，我懂了。說不定還真有呢。」

「我敢打賭是惠特克幹的。」戴思蒙打斷了尼可拉斯的沉思。

「那位小學教師？」白羅問。

「是的。老處女一個，性變態，一輩子教書，成天在女人堆裡。你還記得嗎，一兩年前有位老師被人掐死了，大家說她很怪。」

「同性戀？」尼可拉斯的聲音顯得老於世故。

「那還用說。你還記得和她住在一起的諾拉．安布羅斯嗎？那女孩長得不錯。聽人說她有一兩個男朋友，和她住在一處的那個女的快氣瘋了。有人說她養了個私生子。她曾經得了某種病，請了兩個學期的假，後來才回來的。說什麼閒話的都有。」

「對，可不是嗎，惠特克那天幾乎都待在客廳。她八成聽見喬伊絲的話了。一定是牢牢地印在腦海裡了，你說呢？」

「你知道，」尼可拉斯說，「若是惠特克……她多大年紀？四十出頭？快五十了吧？這個年紀的女人就是有點怪。」

他們倆都看看白羅，臉上的表情活像一隻狗為主人做了點事便邀功請賞的樣子。

「要是真的，我敢打賭奧姆琳小姐一定知道。學校裡的事沒有什麼能瞞過她的。」

「那她怎麼不說呢?」

「可能是覺得應該保護她吧。」

「不,我覺得她不會。要是她想到伊麗莎白.惠特克發瘋,許多學生會遭殃,她就不會保持沉默。」

「那副牧師呢?」戴思蒙滿懷希望地問,「說不定他有點瘋癲。你看,水、蘋果,如此等等,原罪……我有個想法:假設他頭腦不太清醒,假設蹦龍的遊戲刺激了他,地獄之火!火焰升起了!然後,他抓住喬伊絲的手說:『跟我來,有樣東西給你看。』接著把她帶到有蘋果的屋裡,他說:『跪下。』他又說:『我給你施洗。』就把她的頭按進去了。挺像的!亞當、夏娃、蘋果、地獄之火、蹦龍,然後再次受洗禮以除去罪惡。」

「或許他先脫光了衣服,」尼可拉斯愈想愈覺得真有其事。「這種事一般都與性有關。」

他們倆得意地看著白羅。

「嗯,」白羅說,「你們給我提供了一條新思路。」

16

赫丘勒．白羅看著古德博迪太太那張臉，愈看愈覺得有意思。她扮女巫簡直不用化妝。雖然她性情開朗、和藹可親，但人們一見到她，還是自然而然地聯想起女巫來。

她笑哈哈地說：「是的，我參加了派對，沒錯。我常在這一帶扮演巫婆的角色。去年牧師誇獎我，說我在慶典上演得太出色了，他還送給我一頂新的尖帽。別以為巫婆的帽子用不壞。沒錯，那天我去那兒啦。我會編順口溜，您知道吧。用女孩的名字編。我給貝翠絲編了一個，給安兒編了一個，反正給大家都編了。我告訴模仿神靈說話的人，她再高聲告訴執鏡子的女孩子，同時，尼可拉斯少爺和小戴思蒙就讓照片飄落下來。有些照片簡直把我的肚皮都笑破了。這兩個男孩滿臉黏上毛，輪流給對方拍照，看看都照成什麼樣子！看他們的打扮！那天我見到戴思蒙少爺，他穿的衣服簡直讓人難以置信。玫瑰色的上衣，別著淡黃色的胸針，比女孩穿得還花稍。女孩們都只想著把裙子弄得短一些、再短些。但沒多大用處，因為她們裡面得多穿點，穿上什麼連褲襪、緊身襪褲的。我年輕時只有合唱團的女孩才穿，一般就沒人穿了。她們把錢全花在上面——而男孩們——我看他們像是魚狗，又像孔雀，還像天堂鳥。啊，我倒喜歡顏色鮮豔點，看畫片覺得古時候也怪有趣的，人人都鑲花邊、留鬈髮、戴著武士帽什麼的。讓女孩們大開眼界，真的。還有緊身衣、緊身褲。一想起古時候，女孩們想到的全是身穿大燈籠褲，脖子上繞著一大圈皺褶！我的祖母老愛給我講起她的小姐們……您知道嗎，她在一個維多利亞時代的富豪家裡當傭人。她那些小姐們（我想應該是維多利亞女王當政之前，那時在位的是腦袋圓得像顆珍珠似的那位國王……啊，傻比利，威廉四世，對吧？）那時候，她的小姐們，我是說我祖母侍候的小姐們，總穿長到踝骨的薄紗袍子，非常飄逸，但她們不時地往紗袍上撢水，好使它貼身，緊貼在身上，線條就全顯出來了。她們顯得舉止文雅十分謹慎，可是把男人們迷得神魂顛倒，真的。

「我還把我的玻璃球借給德雷克夫人開派對用。那是在一次慈善義賣時買的。現在就掛在煙囪邊上，您看見了嗎？深藍色的，顏色多棒。我常常把它放在門上頭。」

「您會預言未來嗎？」

「我不能說是的，對吧？」她笑出聲。「警察不喜歡。他們根本不在意我的預言。不值一提，可以這麼說。這種地方大家彼此都很熟悉，因此預言起來簡單得很。」

「您能透過您的玻璃球，看出殺害小喬伊絲的凶手是誰嗎？」

「您弄錯了，」古德博迪太太說，「是透過水晶球看幻象，不是玻璃球。若是我告訴您我覺得是誰做的，您也不會信服，您會說不符合情理。但很多事情都不合常情。」

「您說的也有道理。」

「大體來說，住在這個地方還不錯。大多數都是正經人，不過無論你走到哪裡，總有些人被魔鬼纏上。生來如此。」

「您指的是……妖術？是鬼魂附體？」

「不，不是這個意思。」古德博迪太太譏諷地說，「那純粹是胡說。那是辦壞事的人編的，如強姦之類的。不，我指的是那種天性就如此的人，魔鬼的子孫。正因為秉性如此，他們覺得殺人不過爾爾，只要能獲得好處便去做。他們想要什麼就一定要得到，不得到絕不甘休。他們有的看上去簡直美得像天使。我認識一個小女孩，當時只有七歲，把小弟弟、小妹妹都弄死了。一對雙胞胎，最多才不過五、六個月。她把他們悶死在嬰兒車裡了。」

「這件事發生在本地嗎？」

「不，不是的，不在本地。我記得好像是在約克郡。真是傷天害理。小東西長得真漂亮，要是在她的衣服上加上兩個翅膀讓她上台唱聖歌，她一定勝任。可是她不配，壞透啦。您明白我的意思，您不是不懂事的年輕人。世上總有些邪惡之處。」

「啊，對！」白羅說，「您說得好極了。我再清楚不過了。要是喬伊絲真的看見過一起謀殺案……」

「誰說她看見啦？」古德博迪太太問。

「她自己說的。」

「幹嘛相信她的話。她老愛撒謊。」她瞪了白羅一眼。「您不至於相信她吧？」

「不，」白羅說，「我真的相信。儘管每個人都說她撒謊，但我還是相信。」

「一家人還真有不像一家人的。」古德博迪太太說，「拿雷諾茲家來說吧，先說雷諾茲先生，做房地產生意，總是不順利，也賺不了多少錢。他也不像有什麼前途。而雷諾茲太太呢，成天愁眉苦臉，不是擔心這個就是擔心那個，三個孩子沒有一個像父母。安兒挺聰明，成績不錯，她上大學沒問題，說不定還能當老師呢。她可驕傲了，傲得沒有人願意搭理她。男孩們連看都不多看她一眼。喬伊絲呢，她沒安兒聰明，甚至不如弟弟利奧波。但她總想比別人見多識廣、膽子也比大夥都大，她為了吸引注意力什麼話都敢說。可別相信她，她十句中有九句是謊話。」

「那個兒子呢？」

「利奧波？啊，他才九歲，可能十歲了吧，他很機靈，手也巧。他想學什麼物理之類的，數學成績也不錯，在學校裡引起了轟動。對，他就是聰明。我覺得他說不定能成為科學家呢。依我看，要是真當了科學家，他也不會做出什麼好東西，還不是像原子彈之類的！他好學，又聰明，但想的卻是怎樣把半個地球毀滅掉，連同我們這些可憐人一塊毀掉。對利奧波千萬別掉以輕心。您知道嗎，他會對人耍花招，還偷聽別人的祕密。我看他的錢就是這麼來的，不會是父母給的，他們給不了他多少錢。但他手頭總有不少錢，藏在抽屜裡，擱在襪子底下。他三天兩頭買東西，許多挺貴的機械裝置。他怎麼會有那麼多錢呢？我覺得納悶。一定是偷聽別人的祕密，然後要他們付錢好封住他的嘴。」

她停下來喘口氣。

「啊，恐怕我幫不了您什麼忙。」

「您的話對我深有啟發。」白羅說，「那個據說逃走了的外國女孩怎麼啦？」

「我覺得沒走遠。『泉水叮咚叮，貓咪落入井。』我一直這麼想。」

17

「打擾您啦，夫人，我能跟您說幾句話嗎？」

奧利薇夫人站在朋友家陽台四處張望，看赫丘勒．白羅是否來了。他打電話告訴她大約一會兒就到。一位穿得乾乾淨淨的中年婦女站在她面前，戴著棉手套的手不安地搓動著。

「什麼事？」奧利薇夫人問道。

「打擾您我真抱歉，夫人，可是我想……啊，我想……」

奧利薇夫人不願打斷她，她暗自納悶這個女人為什麼那麼緊張。

「您是寫小說的那位女士吧？寫謀殺案之類的故事，對吧？」

「對，」奧利薇夫人回答道，「正是。」

這女人激起了她的好奇心。她說這些話是為了要她簽名留念呢，還是想索取一張有她親筆簽名的照片？誰知道呢。結果大大出乎她的意料。

「我覺得找您最合適，您能告訴我該怎麼辦。」那女人說。

「坐下來談吧。」奧利薇夫人說。

她預感到面前的這位某某太太（她手上也戴著戒指，無疑是位太太）不可能一下導入正題。那女人坐了下來，戴著手套的手繼續來回搓動著。

「您有擔憂的事？」奧利薇夫人努力地引導她進入正題。

「嗯，我是想讓您幫我決定一件事。這事發生在很久以前，當時我並不擔心。可是事情就是這樣了，愈想愈覺得希望和哪個熟人聊聊，請他出個主意。」

「我明白了。」奧利薇夫人想給對方信心，就這麼回答。

「看看最近都出了些什麼事，真讓人意想不到啊。」

「您是說……」

「我說的是萬聖節派對上發生的事。這表示這一帶有不可靠的人，不是嗎？表示以前發生的事並不如人們所想。我是說，也許有些事與想像的有出入，不知您聽懂了沒有。」

「哦？」奧利薇夫人加重了詢問的語氣。「不知道該怎麼稱呼您。」

「我姓利曼，利曼太太，在這一帶給太太們做清潔工，丈夫死後開始做的，做了五年。以前我給洛林史邁夫人幫傭，韋斯頓上校夫婦搬來前就是她住在石礦宅。您認識她嗎？」

「不，」奧利薇夫人回答，「我們素不相識。我這是第一次來這裡。」

「哦，那您應該就不大了解當時的事，那些傳言您也不知道。」

「這次來這裡我聽說了一點。」奧利薇夫人答道。

「我對法律一竅不通，講到與法律有關的事我就緊張。我是說，得先見律師，他們可以處理這事。我不想去報警。應該跟警方無關，是合法的，對吧？」

「也未必吧。」奧利薇夫人小心翼翼地說。

「您也許聽他們說起附加，附加……」

「遺囑的附加條款？」奧利薇夫人提醒她。

「對，對。我說的就是這個。洛林史邁夫人寫了一個附加……附加條款，把所有的錢都留給侍奉她的外國女孩。真令人吃驚，因為她本地有親戚，她搬到這裡住就是為了離他們近些。她疼愛他們，特別是德雷克先生。人們都覺得不可思議。接著律師們也開口了。他們說洛林史邁夫人根本就沒寫這個附加條款，是那個外國女孩寫的，要不怎麼把錢都留給她呢？他們還說得打官司。德雷克夫人要推翻遺囑……不知是不是這個字眼。」

「律師們要辨別遺囑的真偽。對，我記得聽人說起過，」奧利薇夫人鼓勵她繼續說下去。「您也許有所了解吧？」

「並不是什麼好事。」利曼太太輕輕地嘆息說。

這種嘆息，或者說哀嘆，奧利薇夫人不只一次聽到過。

她猜測這位利曼太太或許不太值得信賴，說不定喜歡站在門外偷聽他人談話。

「當時我什麼都沒說，」利曼太太說，「因為我也不是很清楚，我只是覺得事有蹊蹺。

我承認，當時我實在想查個明白。我替洛林史邁夫人當過傭人，我真想弄個水落石出。」

「這很對。」奧利薇夫人回答道。

「若是我覺得做了不該做的事，倒也罷了。可是您知道嗎，我並不覺得自己做錯了。至少當時是這麼認為。」她說。

「哦，對，」奧利薇夫人說，「我能理解。說下去。關於附加條款，怎麼了呢？」

「有一天，洛林史邁夫人……覺得身體不適，把我們叫進房裡。有我和吉姆，他平常都在種花、搬磚、搬煤什麼的。我們就進了她的房間，她面前攤開一些文件。然後她轉頭對那個外國女孩（我們叫她奧爾加小姐）說：『你出去，親愛的，因為這部分你必須迴避。』好像是這麼說的。奧爾加小姐便出去了，洛林史邁夫人讓我們兩個都到她跟前，她說：『你們看，這是我的遺囑。』她拿了點吸墨紙放在紙的上半部，下半部還是空白的。她說：『我要在這張紙上寫東西並簽字，希望你們當見證人。』她開始寫起來。她向來用蘸水筆，不喜歡用別的筆。寫了兩三行字她簽上名，對我說：『嗯，利曼太太，把你的名字寫在這兒。你的名字和地址。』接著她對吉姆說：『你把名字寫在下面，還有地址。這兒。好了。現在你們都看見我寫的這個，看見我的簽名，你們也簽了名，對吧。』然後她說：『就這樣，謝謝你們。』我們就出去了。嗯，我當時沒多想，但還是有點好奇。您知道，門一般不太容易關緊，得推一下、聽到響聲才算關好。我正在關的時候……也不是故意看，我是說……」

「我懂您的意思。」奧利薇夫人不置可否地說。

「我看見洛林史邁夫人費力地站起來——她患了風溼，有時全身疼痛——走到書架前抽出一本書，把剛簽字的那份文件（裝在一個信封裡）塞進了書裡面。那是一本又寬又大的書，放在最底層。她把書放回了書架。嗯，像您說的，我再也沒多想什麼，真的沒有。但等出了這些事之後，我當然覺得，至少我……」她戛然而止。

奧利薇夫人的靈感來了。

「不過，」她說，「您一定沒等多久就……」

「是的，說實話，是的。我承認我十分好奇。畢竟在上面簽字了，還不知道那文件是什麼內容，很怪，對吧？這是人的天性。」

「對，」奧利薇夫人說，「是人的天性。」

她心想，好奇心是利曼太太天性中一個重要成分。

「第二天，洛林史邁夫人去了曼徹斯特，我進去幫她打掃臥室，事實上是臥室兼客廳，因為她不時需要上床休息。我心想：『嗯，應該看看我簽字的東西是什麼內容。』他們常說買東西、簽合約時，連小字也得看清楚。」

「這次是手寫體吧。」奧利薇夫人說。

「於是我覺得沒關係，又不是偷東西，我想的是，既然我不得不在上面簽名，我應該有權利知道究竟是什麼文件。接著我在書架上搜尋起來。本來書架也該撣灰的。我找到了，在最低一層的架子上。書很舊，大概是維多利亞女王時代的。我找到了信封，裡面的紙摺疊著，書名是《世間奧祕盡在其中》。這名字還真巧，您說呢？」

「對，」奧利薇夫人說，「真巧。您就拿出那份文件看了起來。」

「是的，夫人。我是否做錯了我不知道，反正我看了。的確是法律文件。最後一頁是她前一天早晨寫的。墨跡很新，蘸水筆也是新的，認起來毫不費勁，儘管字跡有點歪歪斜斜。」

「上面寫著什麼呢？」奧利薇夫人十分好奇，不亞於當初的利曼太太。

「啊，好像是關於——具體詞句我不太記得了——附加條款，說她在遺囑中列舉了每一項遺產，她把全部遺產都留給奧爾加……她姓什麼我不記得，大概是『塞』開頭的，塞米諾娃之類的，因為她在生病期間得到了她無微不至的關心和照顧。下面她簽了名，也有我和吉姆的簽名。我看完就放回原處了，怕洛林史邁夫人看出我動過她的東西。

「當時我心中暗想，真叫人大吃一驚。那個外國女孩居然得到了她所有的錢！大家都知道洛林史邁夫人相當富有。她丈夫以前做造船這一行，給她留下了大筆財產。我想，有些人就是運氣好。告訴您吧，我並不太喜歡奧爾加小姐。她有時挺敏感，脾氣很壞。不過我得說她對老太太彬彬有禮，非常有耐心。她倒挺會用心機的，還真得了好處呢。我又一轉念，一分錢都不留給親屬，說不定跟他們吵翻了，或許過不了多久雨過天青她會把它撕了，再立一份遺囑或者再寫上一個附加條款。反正我把它放回去了，也就淡忘了此事。

「當遺囑糾紛鬧起來時，有人說那是如何如何偽造的，洛林史邁夫人絕對不可能親筆寫那個附加條款。他們就是那麼說的，說根本不是老太太寫的，而是別人……」

「我明白了。」奧利薇夫人回答說，「那您當時做了什麼？」

「我什麼也沒做。正因為如此我才擔心……我一時沒弄清楚是怎麼回事。後來思來想去我也不知道該做什麼，我想只是說說而已，因為律師們和大家一樣，都不喜歡外國人。我自己也不太喜歡外國人，我承認。那女孩洋洋得意、神氣活現。我覺得這是法律上的事，他們會說她沒有權利得到這筆遺產，因為她不是親屬。事實上也差不多，他們放棄了起訴。根本沒有開庭，大家都知道奧爾加逃走了，回到中歐某個地方去，她出生在那兒。看來，她八成心裡有鬼。說不定是她脅迫老太太寫的。誰又知道呢？我有個侄子就要當醫生了，他說用催眠術可以做很多神奇的事。我猜她是不是對老太太施了催眠術。」

「那事離現在有多久了？」

「洛林史邁夫人死了……我想想，快兩年了。」

「您沒擔心過？」

「對，沒有。當時沒有。因為您要知道，我當時不覺得這有什麼要緊的。一切都平安無事，奧爾加小姐又沒有攜款潛逃，於是我覺得根本不會傳喚我……」

「您現在不這麼認為了？」

「就因為那件可怕的謀殺……那孩子被人按進了蘋果桶。她說起什麼謀殺案，說目睹過一樁謀殺案。我猜說不定是指奧爾加謀害了老太太，因為她知道遺產都會歸她。後來出了麻煩，驚動律師和警方，她害怕起來就逃跑了。因此我想，也許我應該……告訴某個人，我覺得您合適，您在法律界會有不少朋友，或許警方也有朋友。您可以向他們解釋我只是撢了撢書架上的灰，這份文件藏在一本書裡，我把它放回原處了。我沒拿走，也沒做什麼壞事。」

「但事實上當時您取出來了，對吧？您看見洛林史邁夫人給她的遺囑寫了個附加條款。您看見她簽名，您自己和吉姆兩人都在場，而且都簽了名。對吧？」

「對。」

「既然你們兩人都看見洛林史邁夫人簽上自己的名字，那麼簽名不可能是偽造的，是嗎？要是你一個人看見的，就不一定啦。」

「我看見她親自簽名的，我說的絕對是實話。吉姆也會這麼說，只是他已經搬到澳大利亞去了。走了一年多，我不知道他的地址。他也不是本地人。」

「那麼您要我為您做什麼呢？」

「啊，我想問問您，我需不需要說什麼或者做什麼……我是說現在。告訴您，從來沒有人向我打聽過。從來沒人問我是否知道遺囑的事。」

「您姓利曼，叫什麼呢？」

「哈麗雅特。」

「哈麗雅特・利曼。吉姆姓什麼？」

「啊，姓什麼來著？堅金斯。沒錯。詹姆斯・堅金斯。您若能幫我，實在是感激不盡，因為我太擔心了。麻煩都來了，要是奧爾加小姐害死了洛林史邁夫人，而喬伊絲看見她下毒手……聽律師說知道她能得到很多錢後，奧爾加小姐非常得意。但警察詢問她時就不同了，她突然溜走了。沒人問過我，一個人也沒有。而現在我很納悶，當初是否應該說出來。」

「我覺得，」奧利薇夫人說，「您很可能得把這些和洛林史邁夫人當時的律師說一說。我相信一個好律師會理解您的感覺、您的動機。」

「嗯，我相信要是您肯幫幫我，告訴他們事情的來龍去脈，說我不是故意的……您見多識廣，告訴他們我不是故意要做不誠實的事。我是說，我所做的一切……」

「您所做的一切就是保持緘默，」奧利薇夫人說，「這似乎是個很合理的解釋。」

「要是您能夠……先替我說情，解釋一下，我會感激不盡。」

「我會盡最大的努力。」奧利薇夫人說。

她瞥了一眼花園的小徑，看見一個衣裝筆挺的人走了過來。

「那就太感謝您了。他們說過您心地善良，我一定不忘您的慈悲。」

她站起身來，重新戴好手套（她一直沉浸在痛苦之中，不停地搓手把手套全搓掉了），屈膝行了禮，就快步離去了。奧利薇夫人靜候白羅的到來。

「過來，」奧利薇夫人說，「坐下。你怎麼了？好像很難受。」

「我的雙腳痛死了。」赫丘勒·白羅說。

「就怪你那雙該死的漆皮鞋，」奧利薇夫人回答說，「坐下吧。跟我說說你的進展，然後我要告訴你一些事情，你聽了說不定會大吃一驚！」

18

白羅坐下來，舒展了一下腿說：「啊！好多啦！」

「把鞋子脫了吧，」奧利薇夫人說，「讓你的腳解放出來。」

「不，不，那怎麼行呢。」白羅顯然覺得這樣太失禮了。

「哎呀，都是老朋友了，」奧利薇夫人說，「要是茱迪從屋子裡出來也不會介意。不是我說你，在鄉下穿什麼漆皮鞋呀。幹嗎不買雙麂皮鞋呢？那些看上去像嬉皮的男孩子穿的那種鞋也行啊。你知道嗎，那種鞋一伸進去就穿上了，又不需要擦……看樣子有一種特別的自淨過程，多省事。」

「我不會喜歡那種東西，」白羅一本正經地說，「永遠不會！」

「你的毛病在於，」奧利薇夫人一邊說，一邊拆開桌上的一小袋東西，一看就知道才剛買的，「你一味地追求風度。心思全放在衣服呀、鬍子呀、姿勢呀什麼的，完全不顧舒服不舒服。如今舒適可是個重要課題。人一過了五十，舒不舒服就是第一位了。」

「夫人，親愛的夫人，我不敢苟同。」

「是嗎，你最好聽我的，」奧利薇夫人說，「不然，就是自找苦吃。歲月不饒人，不服老不行。」

奧利薇夫人從紙袋中掏出一個漂亮的盒子，揭開蓋子，她用兩個手指夾了一點裡面的東西送入口中，然後舔舔手指，又拿手帕擦了擦，順口小聲嘟囔了一句。

「太黏了。」

「你不再吃蘋果啦？從前老看見你手上拎著一袋蘋果，要不就是正在吃。有時候袋子破了，蘋果滾得滿地都是。」

「我不是跟你說過了嗎，」奧利薇夫人說，「我連看也不願意再看一眼蘋果了。不看。我討厭蘋果。或許有一天我會克服這種心理又吃起蘋果來……可是，蘋果給我的聯想太糟糕了。」

「你吃的是什麼？」白羅拿起顏色鮮豔的盒蓋，上面畫著一棵椰棗樹。「啊，改吃棗子啦。」

「沒錯，」奧利薇夫人答道，「是棗子。」

她又拿起一顆棗子放入口中，去了核，扔到樹叢中滾了好幾下。

「棗子（日期）[12]，」白羅說，「很不尋常。」

「吃棗子有什麼不尋常？吃的人很多呀。」

「不，不，我不是這個意思。不是說吃棗子，是『日期』那個字眼讓我聽了覺得很不尋常。」

「為什麼？」奧利薇夫人追問道。

「因為，」白羅說，「你一再為我指路，告訴我該怎麼辦。你指明了方向，我願意聽你的。早晚，時間，到現在我才意識到事情發生的日期多麼重要。」

「我不明白早晚跟這裡發生的事有什麼關係。沒牽涉到什麼時間啊。整個事情也不過發生在……大概五天前。」

「那件意外發生在四天前。對，沒錯。但是發生的每件事都有一個過去。過去與現在並非沒有任何關係。過去可以是昨天，也可以是上個月、去年，今天總是植根於昨天。一年、兩年，甚至三年前發生了一起謀殺案。一個孩子目睹了這次謀殺。正因為那個孩子在過去的某一天目睹了這起謀殺案，她才會在四天前喪命。對吧？」

「嗯，是的。至少我覺得沒錯。說不定根本不是這麼回事。或許就是一個精神失常的人幹的，他以殺人為樂，一玩水就想把某人的腦袋按在那兒不動。可以說，是一個心理變態者在派對上盡情娛樂了一番。」

「你當初請我來這兒不是出於這種想法吧，夫人。」

「不是，」奧利薇夫人說，「當然不是。當時我不願意憑感覺辦事。現在我還是不願意跟著感覺走。」

「我贊成。你說得對。要是不喜歡跟著感覺走，就得把事實查個水落石出。我費了很大的力氣想弄個明白，不過你也許不這麼認為。」

「就憑這裡走走那裡走走，和人們聊一會天，看他們是不是好人，然後問幾個問題？」

「完全正確。」

「那弄出什麼結果了嗎？」

「弄清了一些事實，」白羅說，「這些事實到一定的時候按先後順序一排列，就能說明案情。」

「就這些嗎？還弄清楚什麼了嗎？」

「沒有人相信喬伊絲．雷諾茲會說實話。」

「是指她說目睹過一樁謀殺案？我親耳聽見她說了。」

「對，她是說了，但沒人相信是真的。因此，有可能不是實話。」

「我怎麼覺得，」奧利薇夫人說，「你那些看法像是引你向後退了，你沒有堅持你的立場，更談不上有什麼進展。」

12　英文中的「棗」（date），與「日期」（date）同音同形。

「事情要前後一致才行。比方說偽造遺囑的事，大家都說那個外國女孩博得了老富孀的歡心，老太太留下一份遺囑（或者說遺囑的一個附加條款），把全部財產留給了這個女孩。這遺囑是女孩子本人還是別人偽造的呢？」

「還會有誰偽造遺囑？」

「村子裡還有一個偽造文件的人。他曾經被指控過，但因為是初犯，並且情有可原，就被放過了。」

「是一個新角色嗎？還是我早已知道的？」

「你不知道這個人。他死了。」

「哦？什麼時候死的？」

「大約兩年前。具體日期我不得而知。但我會查清楚。他偽造過證件，而且住在本地。僅僅因為交女朋友招來嫉妒，在一天深夜被人用刀殺死。我有一個想法，這些事故似乎比我們想像的更有關係。有一些我們想像不出來，或許不是全都有關係，而是其中的兩三樁。」

「聽起來挺有意思的，」奧利薇夫人說，「不過我不明白……」

「目前我也是，」白羅回答說，「只是我認為日期可以對我們有幫助。具體事件發生的日期，發生的地點，究竟發生了什麼，當時他們都在幹什麼。每個人都認為那個外國女孩偽造遺囑，也許，」白羅說，「也許大家都是對的。她不是直接受益人嗎？等一下，等一下……」

「等什麼？」奧利薇夫人問。

「我突然有個想法。」白羅說。

奧利薇夫人嘆了口氣，又拿起了一顆棗子。

「夫人，你要回倫敦嗎？你還要在這裡待很久嗎？」

「我後天走，」奧利薇夫人回答，「我再也待不下去了。我還有好多事要辦呢。」

「那你家裡……你搬了那麼多次，我都記不住是在哪裡了，你家裡有客房嗎？」

「我從來不肯說有，」奧利薇夫人說，「要是你一說在倫敦有一間空的客房，馬上就有人想借用。所有的朋友，還不僅僅朋友，有的是熟人，或者熟人的遠房親戚都會寫信問，讓他們暫住一晚我是否介意。我真的介意。他們一來，又是換床單啊、枕頭啊、洗衣呀，還要送早茶，還得供應餐點。所以我不告訴別人我有一間空房。我的朋友們來了才可以住在那兒。是我真正想見的，而不是別人……不行，我幫不了你的忙，我不喜歡受人利用。」

「誰會喜歡呢？」赫丘勒．白羅說，「你真精明。」

「不過，究竟是什麼事？」

「如果有必要，你能留一兩位客人住下嗎？」

「也許可以吧，」奧利薇夫人回答說，「你想讓誰住在我那裡？不是你自己吧。你自己的房子那麼漂亮，超現代派，那麼抽象，全是什麼正方形、菱形之類的東西。」

「只不過是有必要採取明智的保護措施。」

「保護誰？又有人會被殺害嗎？」

「但願不會，只是這種可能性存在。」

「誰呀？是誰呢？我不懂。」

「你對你的朋友了解多少？」

「對她？不十分了解。我只是在旅途中與她相識，後來我們總是一塊出去。她挺……怎麼說呢？挺有意思的，和別人不一樣。」

「你覺得你會把她寫進你的書中嗎？」

「我實在討厭別人這麼說。人們總是這麼說，但這怎麼會呢，我不把我認識的人寫入書中。」

「夫人，可不可以說，你有時真的會把某些人寫入書中？我是說你碰過的人，而不是你認識的人。我同意，寫認識的人沒有意思。」

「你算說對了，」奧利薇夫人說，「有時候你還真通曉人性呢。就是那麼回事。比方說，你在公車上看見一個胖胖的女人吃葡萄乾麵包，她一邊吃，嘴唇一邊不停地動著，你會覺得她可能在跟誰講話，或許在想該打個電話，也可能想起了該寫封信。你看著她，打量她的鞋子、她穿的裙子，猜測她的年齡，還看她是否戴著結婚戒指。然後你下車了。你不會再見到她，但你的腦海中編出一個故事，一位卡納比太太坐在公共汽車上回家去，她剛剛在某處赴了一個奇怪的約會，她在那裡的一家點心店看見了一個人，以為那人早死了，但顯然他還活著。天啊，」奧利薇夫人停下來喘了一口氣。「就是這樣。我離開倫敦之前在公車上是見過一個人，現在我腦海中就編成了這樣一個故事。馬上完整的故事就出來了，像她將會說什麼，她是否會陷入危險，或者別人會陷入危險什麼的。我甚至還知道她的名字。她的名字是康絲坦絲。康絲坦絲·卡納比。只有一件事能毀了這一切。」

「什麼事？」

「要是我在另一輛公車上又遇見她，和她搭訕，對她有所了解的話，一切就都毀了，毫無疑問。」

「對，對。故事必須屬於你自己，角色也是你自己的。她就像是你的孩子。你創造了她，開始懂得她，明白她的感覺，知道她住在何處，在幹什麼。可是若換成一個真實的、活生生的人，要是你知道了這個人的本來面目……那麼，故事就不存在了，對吧？」

「你又說對了，」奧利薇夫人回答說，「我覺得你剛剛問起茱迪也有道理。我是說，在旅途中我們常在一塊兒，但事實上我並不太了解她。她丈夫死了，留下孩子，但沒給她留什麼錢，米蘭達你見過。我對她們有一種特別的感覺，覺得她們挺重要，就像與一場好看的戲劇有什麼關聯似的。我不想知道那是一場什麼戲，不希望她們告訴我。我倒願意把那場戲想像成適合她們演的。」

「對，對。看得出來。嗯，她們會成為阿蕊登·奧利薇另一部暢銷書中的角色。」

「你有時真是壞透了，」奧利薇夫人嗔怪道。她停下來靜靜地思索了一陣說：「被你說得好庸俗。但也說不定。」

「這哪是什麼庸俗呢。這是人的天性。」

「你想讓我邀請茱迪和米蘭達到我倫敦的寓所作客？」

「現在還不急，」白羅回答，「等我能夠確定我的想法時再說。」

「又是什麼想法？我剛聽了個消息要告訴你。」

「夫人，你對我太好啦。」

「別高興得太早。恐怕要把你那些想法全部推翻了。設想一下吧，要是我告訴你，你談了半天的偽造證件根本不是偽造的。你怎麼說？」

「你說什麼？」

「那位叫阿．瓊斯．斯邁思還是什麼的太太，的的確確給她的遺囑寫了個附加條款，把所有的錢都留給那個侍奉她的女孩，有兩個見證人親眼看見她簽字，這兩個見證人也當場簽了字。好好想想吧。」

19

「利曼太太。」白羅一邊唸，一邊記下了這個名字。

「對。哈麗雅特·利曼。另外一個證人好像叫詹姆斯·堅金斯，自從去了澳大利亞就再也沒有消息了。奧爾加·塞米諾娃洛夫小姐似乎只聽說回了捷克或者別的地方，那是她的家鄉。看來人都走了。」

「你覺得利曼太太可靠嗎？」

「我覺得她不會全是編造的，你問的是這個吧。我想她簽了字之後感到十分好奇，於是一有機會就把它找出來看看。」

「她能讀書寫字？」

「大概是吧。但我認為有時讀老太太的手跡很困難，歪歪斜斜的挺難辨別。後來關於附加條款的流言四起時，她說不定覺得是因為太難認，所以她給認錯了。」

「真有這麼一份文件，」白羅說，「但是確實有一份偽造的。」

「誰告訴你的？」

「律師們。」

「也許根本不是偽造的。」

「律師們對這些事是很仔細的。他們做好了準備，開庭時請專家作證。」

「哦，那麼，」奧利薇夫人說，「看來很容易搞清楚是怎麼回事了。」

「容易？怎麼說？」

「啊，第二天，也許幾天之後，甚至一週之後，洛林史邁夫人可能是和對她忠心耿耿的女孩發生了口角，可能是和她的侄子雨果或侄媳任娜和好如初了，她就撕掉了遺囑，要不就是撤掉了附加條款，或者全燒毀了。」

「後來呢？」

「後來，我想，洛林史邁夫人死了，女孩子抓住機會照原來的詞句模仿洛林史邁夫人的筆跡重寫了一份附加條款，還盡可能模仿兩位證人的字體簽上他們的名字。或許她不太熟悉利曼太太的筆跡。健康卡或者別的東西上面也許有利曼太太的簽名，她照著寫在上面。弄好之後，她心想，再有人承認自己是這份遺囑的見證人就萬事大吉了。可是她偽造得不太像，引起了麻煩。」

「夫人，能允許我用你的電話嗎？」

「我批准你使用茱迪．巴特勒的電話。」
「你的朋友去哪兒了？」
「哦，她去做頭髮了。米蘭達在散步。去吧，穿過落地長窗，就在那間房子裡。」
白羅走了，十分鐘之後回來了。
「回來啦？你給誰打電話？」
「律師富勒頓先生。告訴你吧，那份附加條款——偽造的那一份——證人不是哈麗雅特．利曼，是一位名叫瑪麗．多爾蒂的女子，已經過世，從前在洛林史邁夫人家幫傭，死了沒多久。另外一位見證人是詹姆斯．堅金斯，正如利曼太太所說的，他去了澳大利亞。」
「看來有一份是偽造的，」奧利薇夫人說，「同時似乎還有一份是真實的。白羅，你看是不是弄得有點太複雜啦？」
「太複雜了，簡直不可思議，」赫丘勒．白羅說，「可以說，偽造的文件氾濫成災。」
「說不定原件還在石礦宅的圖書室中，在那本《世間奧祕盡在其中》裡頭呢。」
「據我所知，洛林史邁夫人死後，石礦宅連同所有東西一起賣了，只留了幾件家具以及照片。」
「我們現在所需要的，」奧利薇夫人說，「就是找到《世間奧祕盡在其中》這種書來指點迷津。這書名不錯，對吧？我記得我的祖母就有一本。幾乎什麼事都能在裡面查出答案。一些法律知識呀、食譜呀、怎樣洗去衣服的墨漬呀等等。還有怎樣自製粉餅而不傷皮膚，數也數不完。此刻你是不是希望有這樣一本書呀？」

「那還用說，」赫丘勒・白羅說，「它會告訴我如何治腳痛。」

「方法多得是。不過你為何不穿適合在鄉間行走的鞋呢？」

「夫人，我想顯得體面些。」

「那，你就繼續穿吧，疼得齜牙咧嘴最好。」奧利薇夫人回答道，「我還是不明白，剛剛利曼太太告訴我的是不是全是謊言？」

「可能性總是存在的。」

「會不會有誰讓她撒謊呢？」

「會不會有人給她錢叫她撒謊呢？」

「也有可能。」

「說下去，」白羅答道，「說下去。有道理。」

「我猜想，」奧利薇夫人說，「洛林史邁夫人跟許多富有的老太太一樣，熱中於立遺囑。我看她一生中立過不少遺囑。你知道，有時對這個有利，有時又對那個有利。換來換去。不過德雷克家也很有錢。我猜她是給他們留下一筆可觀的遺產，至於別的人她會不會留那麼多就值得懷疑了，比如像利曼太太和偽造的附加條款上留給奧爾加的那些。我得說，我想進一步了解一下那個女孩。看樣子，她成功地溜掉了。」

「我希望能對她有進一步的了解。」赫丘勒・白羅說。

「怎樣去了解？」

「不久我就會得到消息。」

「我知道你一直在這裡打探消息。」

「不僅僅在這裡。我有一位助手在倫敦，他負責給我蒐集國內外的資料。不久，我可能就會得到從赫塞哥維納傳來的消息。」

「你能弄清楚她是否回國了嗎？」

「這是我要了解的情況之一，但我更有可能弄到與此不同的資訊……也許有她在這裡逗留時寫回去的信件，上面可能提到她在這裡交了哪些朋友、和誰比較熟。」

「那個小學教師呢？」奧利薇夫人問。

「你說的是哪一個？」

「我指的是被掐死的那一個。伊麗莎白．惠特克跟你說起過吧？」她又補充道，「我不太喜歡伊麗莎白．惠特克。挺囉嗦的，不過也很聰明。」她神情迷惘地又說：「我腦海中出現了一起謀殺案，凶手是她。」

「掐死了另一個老師，對吧？」

「我得找出各種可能性才行。」

「跟往常一樣，我要按你的直覺行事，夫人。」

奧利薇夫人一邊沉思，一邊又往嘴巴送進一顆棗子。

／20

離開巴特勒夫人家時，白羅選擇了米蘭達帶他走的那條路。他覺得和上次比起來，籬笆的洞要大一些。大概有某個比米蘭達個子稍大些的人也從這裡鑽過。他沿著小道走入採石場，又一次被美景迷住了。真是美不勝收。可是不知怎麼回事，和上次一樣，白羅覺得這個地方陰氣太重。叫人不免聯想起沿路都會有妖女等候著獵物，殘忍的女神向人索取獻祭。

他理解人們為什麼不願來此野餐。出於某種原因，人們不願帶著熟雞蛋、蔬菜和水果席地而坐，談笑取樂。氣氛完全不適合。他突然覺得，要是洛林史邁夫人不追求這種仙境的效果說不定好多了。完全可以在這裡建一個相當不錯的地下花園，而沒有這種氣氛。可是她太自以為是了，一個自以為是的富婆。他又想到了遺囑，富婆們常常立下一份又一份的遺囑，她們在遺囑中不斷地撒謊，還常把遺囑藏在某個地方。他努力把思緒集中在偽造者身上。拿去公證的遺囑無疑是偽造的。富勒頓先生既細心又能幹，身為律師，沒有十足的證據和勝訴的理由，絕對不會輕易讓客戶去打官司。

拐了個彎，他突然回過神來，他不該任思緒馳騁，而應該留意自己的腳下。這是去史彭斯主任家的捷徑嗎？從直線距離看或許是，但走大路腳必定會好受得多。這條小道上不長草，也不滑，但全都布滿了硬石塊。他停了下來。

他前面有兩個人。坐在一塊大石頭上的是米契．加菲爾，他膝上擱著一張畫板，正全神貫注地畫著素描。離他不遠，有一條纖細的潺潺流水，旁邊站著米蘭達．巴特勒。赫丘勒．白羅忘記了疼痛的雙腳，完全被人物之美吸引住了。米契．加菲爾無疑是個美男子。他覺得很難弄清自己喜不喜歡米契．加菲爾。想要知道自己喜不喜歡長得好看的人總是不容易。女人當然可以長得很漂亮。至於自己喜不喜歡漂亮的男人，他實在不清楚。他不希望自己是個美男子。不過不用擔心，他壓根不可能。論外表，唯一讓他得意的是自己的鬍子，梳洗修剪得恰到好處，棒極了。他認識的人裡頭，沒有人的鬍子像他那麼好，一半好的也沒見過。他既不英俊也不好看，當然更不能用「漂亮」二字來形容。

而米蘭達呢？他又一次覺得她吸引人之處在於她的端莊。他不知她心中到底在想什麼，誰也不可能知道。她不會輕易說出自己在想什麼。他懷疑，即使問她也不一定說得出來。他認為，她的想法很新穎奇特，又好冥思。他還覺得她太脆弱，非常脆弱。關於她，他了解的似乎還不只這些，或者說，他自以為如此。目前只是一種猜測，但他覺得可能性很大。

米契．加菲爾抬頭看了看，他說：「哈！鬍子先生，午安。」

「我能看看您的大作嗎？不會打擾您吧？我不想太冒犯。」

「看吧，」米契・加菲爾回答說，「對我沒有任何影響。」他又輕輕地說：「我畫得正高興呢。」

白羅站在他身後，點點頭。這張鉛筆畫畫得很輕，線條幾乎難以分辨。他還真畫得不錯呢，白羅心想，不只會設計園林。他驚嘆道：「太好了！」

「英雄所見略同。」米契・加菲爾說道。

從他的話中很難聽出他到底是稱讚畫，還是模特兒。

「嗯？」白羅問。

「我為什麼要畫？您覺得我有原因嗎？」

「或許有。」

「沒錯。要是離開這裡，有一兩樣東西我不願忘記。其中一個就是米蘭達。」

「你會輕易忘了她嗎？」

「非常容易忘。我就是這樣。可是，要是忘了某件事、某個人，不能牢牢記住一張臉、一顰一笑、一棵樹、一朵花、一處風景，只記住從前目睹時的感覺，卻怎麼也不能在眼前浮現出那些形象……該怎麼說呢，著實令人痛苦不堪。於是，我把它記錄下來。它們轉眼間稍縱即逝。」

「而石礦花園不會的，這兒會一直保存下去。」

「是嗎？很快也會變的。沒有人在就不會是現在的樣子，它會被自然的力量控制住。它需要愛護、需要照料、需要技術。要是某個委員會接管的話，那就會『發展下去』。在這裡栽上最流行的灌木叢，多闢些小道，隔一定距離加上幾排凳子，甚至還豎起一些垃圾箱。噢，他們如此悉心地保持著花園的風景，可是保留不住這種美景。這裡的景色是原始的，具有野性的。保持這種野性比單純不讓花園荒蕪要難多了。」

「白羅先生。」從溪流對岸傳來米蘭達的聲音。

白羅向前走了幾步，以便能聽清楚她在說什麼。

「哦，你在這兒。你是來讓人畫像的，是嗎？」

她搖搖頭。

「我不是故意來畫像的，只是碰巧。」

「對，」米契．加菲爾說，「是的，只是碰巧。有時候你就能有這種運氣。」

「你剛剛是在你最喜歡的花園裡散步嗎？」

「實際上我是在尋找那口井。」米蘭達說。

「一口井？」

「以前這片林子裡有一口許願井。」

「在從前的採石場？我不知道採石場中還會挖井呢。」

「過去在採石場周圍有一片樹林。這一帶都有樹。米契知道那口井在哪兒，但他就是不告訴我。」

「那樣不更有趣嗎，」米契．加菲爾說，「繼續找吧。特別是連有沒有都不清楚，那就更好玩了。」

「古德博迪太太都知道。」她又說，「她是女巫。」

「對，」米契說，「她是本地的女巫，白羅先生。許多地方都有女巫。她們很少說自己是巫婆，但大家都知道。她們要不預言未來，要不給你的秋海棠施咒，或者弄枯了你的牡丹花，有時還讓農夫的乳牛擠不出奶，甚至有時還給人春藥呢。」

「是一口許願井，」米蘭達說，「以前人們都來這裡許願。他們得倒退著繞井三圈。井是在山坡上，因此繞起來不容易。」她的目光落到白羅後面的米契身上。「我總有一天能找到，」她說，「你不告訴我也沒關係。古德博迪太太說就在這附近，只不過封起來了。哦！好多年了。據說很危險才封上的。好多年前有小孩掉進去了，叫基蒂，姓什麼我忘了。也可能還有別人掉進去。」

「那你就相信好了，」米契．加菲爾說，「這是本地的傳說，不過在小鐘村那邊還真有一口許願井。」

「那當然囉，」米蘭達說，「那口井我知道。再平常不過了，」她說，「誰都知道那裡，無聊透啦。大家都把硬幣往裡面丟，裡面早乾了，扔進去連濺水的聲音都沒有。」

「啊，真遺憾。」

「等我找到了再告訴你。」米蘭達說。

「別信巫婆的話。我不信有小孩或別人掉進去，倒有可能是貓掉進去淹死了。」

「泉水叮咚叮，貓咪落入井。」米蘭達說。她站起身來。「我得走了，」她說，「媽媽在等我呢。」

她小心地繞過亂石堆，衝這兩位笑笑，沿小溪那一側一條更窄的路走了。

「『泉水叮咚叮』，」白羅若有所思地問，「信則靈，米契．加菲爾，她弄錯了嗎？」

米契．加菲爾凝視了他半晌，然後笑了。

「她沒弄錯，」他說，「是有一口井，像她所說的，封起來啦。我覺得可能滿危險的。但我不認為那是一口希望之井。古德博迪太太八成是胡說。倒是有一棵許願樹，應該說是曾經有過。半山腰上有一棵山毛櫸，人們以前會去那兒倒退三圈再許願。」

「現在呢？人們還去那兒嗎？」

「不去了。六年前樹被雷電劈死了，劈成了兩半。就不再有許願靈驗一說了。」

「您告訴過米蘭達嗎？」

「沒有。我倒是寧願她相信有一口許願井。一棵枯樹不會引起她的興趣，對吧？」

「我得走了。」白羅說。

「回到警察朋友家去？」

「對。」

「您好像很累。」

「我是累，」赫丘勒．白羅說，「我累極了。」

「要是穿帆布鞋或者輕便鞋會好得多。」

「嗯，對，但不可以。」

「我懂了。您穿衣服還真講究。從整體上看，您的鬍子很有特色，非常罕見。」

「承蒙誇獎。」白羅說。

「太搶眼了，有誰會不多看兩眼呢？」

白羅把頭歪向一邊，他說：「您剛剛說您作畫是為了記錄米蘭達。這麼說，您是要離開這兒嗎？」

「我考慮過，是的。」

「我覺得您在這裡住得滿好的。」

「哦，對，完全正確。我有房子住，雖然小了點，卻是由我自己設計的。我也有自己的工作，不過不像過去那樣叫我滿意。於是我就不安分了。」

「為什麼工作不像以前那樣叫您滿意呢？」

「因為人們希望我去做我最不願做的事。有些人想叫我幫助修整他們的花園，有些人買了些地一邊蓋房子一邊叫我設計花園。」

「您是不是在替德雷克夫人管理花園？」

「對，她希望我替她管理。我提過一些建議。她也似乎同意。不過，我覺得，」他若有所思地又說，「我不信任她。」

「您是說她不會讓您隨心所欲地去做？」

「我的意思是她自己有主見。雖然她被我的觀點所吸引，但她又會突然提些完全不同的要求。有時候只講求實用，又昂貴又花稍。她說不定會威迫我，堅持要按她的意思辦。我要是不聽，我們就會吵架。所以我最好在吵架之前先走。不僅僅和德雷克夫人是這樣，和其他鄰居也是。我也算小有名氣，沒有必要永遠待在一個地方。我可以離開這裡，在英格蘭的另一角落或諾曼第等某個地方再尋一個棲身之所。」

「再找一個改造自然之處？去那裡做實驗，可以種一些從未種過的花草，太陽曬不死，霜也打不謝？找一片還未開墾的處女地，您可以過著像亞當那樣自在的生活？您是否一向不安分？」

「我在一個地方從來待不久。」

「您去過希臘嗎？」

「去過。我真想再去一次。對，您讓我想起來了，在希臘某個山邊有個花園，好像只有些柏樹，裸露的岩石。可是只要有心，弄成什麼樣子不都可以嗎？」

「一座神祇們散步的花園……」

「對。您還真能猜中人的心思呢，白羅先生。」

「真希望如此。有許多事我都想知道，可就是弄不清楚。」

「您覺得很無力，是嗎？」

「是的，被您不幸言中了。」

「是殺人放火還是突然死亡？」

「差不多吧。我還沒處理過放火的案件。請告訴我，加菲爾先生，您到此地有一段時間了，您認識一位叫萊斯利・費里的年輕人嗎？」

「認識，我還記得他。他是在曼徹斯特一家律師事務所上班吧？是富勒頓—哈里森—利德貝特事務所。是個小職員，長得挺帥的。」

「他死得很突然，是嗎？」

「是的。一天晚上讓人捅死了。聽說是和女人惹出來的禍。大家好像覺得警方很清楚是誰幹的，可是找不到證據。他和一個叫桑德拉的女人勾勾搭搭，姓什麼我忘啦。她的丈夫在本地開了個小酒館。她和萊斯利有姦情，後來萊斯利又和另一個女孩子搭上了。聽說是這麼回事。」

「桑德拉很不高興？」

「她當然不高興。您不知道，女孩子都迷上他了，有兩三個和他來往密切。」

「她們都是英國人嗎？」

「您幹嘛問這個？當然不僅限於英國女子啊，只要她們能說點英語，多少能聽懂他在說什麼，而他也能聽懂對方就行了。」

「這一帶一定經常有些外國女孩子吧？」

「那當然。哪兒沒有呢？小保母隨處可見。醜的、漂亮的；誠實的、不誠實的。有些給太太們幫了大忙，有的一點用也沒有，還有的逕自走了。」

「就像奧爾加那樣？」

「是啊，就像奧爾加。」

「萊斯利是奧爾加的朋友嗎？」

「哦，原來您是這麼想。對，是的。我覺得洛林史邁夫人八成不知道。我認為，奧爾加挺謹慎的。有一天，她嚴肅地說她想要和某個人回祖國結婚。我不知道究竟是真的還是編的。萊斯利挺吸引女孩子。我不知道他怎麼看上奧爾加了……她不太好看。不過……」他思忖了片刻。「她非常重感情，也許那英國小夥子覺得很有魅力。反正萊斯利喜歡上她了，他其他的女朋友都不高興。」

「挺有意思的，」白羅說，「我想您告訴了我一些我想要的資訊。」

米契．加菲爾好奇地看看他。

「是嗎？您問這些幹嘛？怎麼說起萊斯利了？幹嘛提起這些陳年往事？」

「哦，就是想知道而已，想知道來龍去脈。我還想了解從前的事。比奧爾加．塞米諾娃和萊斯利．費里背著洛林史邁夫人祕密約會更早的事。」

「那我不太清楚，那只是我的……個人想法。我倒是常看見他們在一起，但奧爾加從來沒跟我說過。至於萊斯利．費里，我幾乎不了解他。」

「我想了解更早的事。聽說他有過一段不大光彩的過去。」

「聽說是的，不過都是本地的傳言。富勒頓先生收下了他，想讓他改過自新。老富勒頓真是個善人。」

「聽說他犯的是偽造證件罪？」

「對。」

「是初犯，據說還情有可原。他母親長年臥病，父親是酒鬼。反正，他被從輕發落。」

「詳細情況我從不知道。好像是他才開始做手腳，會計們就馬上發現了。我印象不深，只是道聽塗說。偽造證件，對，是被指控偽造證件。」

「而洛林史邁夫人死後，她的遺囑送去公證時，被發現是偽造的。」

「哦，我明白您在想什麼了。您覺得這兩件事有關係。」

「這個男人有過成功偽造證件的經歷，他和一位女孩成為戀人，而一旦遺囑被接受，得到公證，這位女孩就能得到一筆可觀的遺產。」

「是的，是的。」

「而這女孩和犯過偽造罪的人情投意合。他離開了自己的女友，投向這名外國女孩的懷抱。」

「您是暗指偽造遺囑者是萊斯利·費里。」

「應該有可能吧，您說呢？」

「據說奧爾加善於模仿洛林史邁夫人的字體，但我一直懷疑。她的確替洛林史邁夫人代寫書信，只是我認為字跡不會太像，達不到以假亂真的程度。但若是她與萊斯利一起，情況就不同啦。我敢說他會做得很漂亮，他也有自信會通過公證。不過當時他應該明白，他初犯時被查出來了，這一次同樣會。一旦醜行被揭穿，律師們開始找麻煩，叫來專家驗證筆跡，並詢問各種問題時，她很可能失去理智跟萊斯利大吵一架。後來她就溜之大吉，把罪責全丟給他來承擔。」他猛地搖搖頭。「您為什麼要在我美麗的森林裡跟我談這些？」

「我只是想了解情況。」

「最好不要了解，永遠都不要了解。最好任其發展，不要刨根問柢，不要推波助瀾。」

「您追求的是美感，」赫丘勒·白羅說，「不惜任何代價。而我追求的是真理，向來都是真理。」

米契·加菲爾大笑。

「找你的警察朋友吧，讓我待在我的天堂裡，離我遠點，魔鬼撒旦。」

21

白羅沿著山坡向上爬去，他一時忘了腳痛。一個念頭占據了他整個腦海。以前他隱隱約約感覺到這些事情都相互關聯，但一直沒能弄清楚到底有什麼聯繫，這回終於理清頭緒了。他分明感到潛在著一種危險……若不及早採取防範措施，有人會危在旦夕。情況十分險惡。

艾思佩．麥凱走到門口迎接他。

「你累壞了吧，」她說，「快進來坐下。」

「你哥哥在家嗎？」

「不在，他去警察局了。我猜是出事了。」

「出事了？」他吃了一驚。「這麼快？不可能。」

「啊！」艾思佩回答道，「什麼意思？」

「沒什麼，沒什麼。你是說有人出事了？」

「對，但實際情況我不清楚。反正是拉格倫來把他叫走的。來杯茶嗎？」

「不用了，」白羅說，「非常感謝。不過我想……我想回旅館。」他一想到濃濃的苦茶就受不了。他得編個理由，以免顯得太不禮貌。「你看我的腳，」他解釋道，「我的腳受不了。我這鞋在鄉間行走太費力了，得換雙鞋才行。」

艾思佩低頭看著白羅的雙腳。

「這怎麼行呢，」她說，「漆皮鞋不好穿。順便告訴你，有你一封信。郵票是外國的。從外國寄來，託史彭斯主任轉交，我去拿來。」

過了一會兒，她拿著信回來遞到他手上。

「信封你還要嗎？如果不要我想替侄子留著，他喜歡集郵。」

「沒問題。」白羅拆開信，把信封遞給她，她道了謝就進去了。

白羅展開信讀了起來。格比先生的海外服務業務與本土業務開辦得一樣好，他不費吹灰之力很快就得出了結果。

說實在的，這些結果也沒有什麼大用途，白羅也不指望會有多少幫助。

奧爾加・塞米諾娃沒回家鄉。她的家人無一倖存。她倒有一個上了年紀的朋友，她常給她寫信，這位朋友知道一些她在英國的消息。她與雇主的關係不錯，這位雇主有時十分嚴厲，但同時非常慷慨大方。

奧爾加・塞米諾娃最後寫給她的幾封信是在一年半之前。信中提到一位男人。她隱約說起婚事，男方的名字沒有透露；不過出於他那方面的某種考慮，婚事一時還沒定下來。最後一封信她滿懷希望地展望著美好的未來。後來再沒有寫信，這位上了年紀的朋友認為她大概已與她的英國男友成婚，並且換了住址。女孩子一旦出國往往這樣，只要組織了美滿的家庭便不再寫信。

她一點也不為奧爾加擔心。

都挺符合的，白羅心想。萊斯利說過要結婚，不過不知是真是假。洛林史邁夫人據說「慷慨大方」。有人給了萊斯利一大筆錢，也許就是奧爾加給的（本來是雇主給她的），來引誘他為她偽造文件。

艾思佩．麥凱再次走上陽台。白羅問她奧爾加和萊斯利是否交往密切。

她考慮了片刻，然後對白羅的問話予以否定。

「要真是那樣的話，他們還真能保密。從來沒人議論過他們，在這種小地方什麼都瞞不過去。」

「年輕的費里和一位有夫之婦有一段私情。或許他要那女孩子不能對她的雇主透露。」

「很有可能。老夫人一定知道萊斯利．費里品行不端，因此會警告那女孩子不要和他有任何來往。」

白羅疊起信裝進口袋。

「我還是給你泡一壺茶吧。」

「不，不用……我得馬上回旅館換鞋，你不知道你哥哥什麼時候才會回來吧？」

「我不知道。他們沒說找他去幹什麼。」

白羅向旅館走去。它離史彭斯家才幾百碼，走到門口他發現大門敞開著，他的房東，一個三十出頭的少婦，笑吟吟地朝他走來。

「來了一位夫人要見您，」她說，「等了老半天了。我告訴她我不知道您去哪兒了，也不知道您到底什麼時候回來，但她說要等您。」她接著說：「是德雷克夫人。我看她十分焦急。平時她向來從容自若，我猜她一定受了驚嚇。她在客廳。要我給您端點茶什麼的嗎？」

「不用啦，」白羅說，「最好不要。我先聽聽她說什麼。」

他推開門進了客廳。任娜站在窗戶邊。這扇窗戶看不見大門口，因此她沒看見白羅回來了。聽到門開了，她猛地回過頭來。

「白羅先生，您終於回來了，我等得好急。」

「夫人，真是抱歉。我去石礦森林了，又和我的朋友奧利薇夫人聊了聊天。後來我又和兩個男孩子談了話，是尼可拉斯和戴思蒙。」

「尼古拉斯和戴思蒙？哦，我認識。我想問……天哪，腦袋裡亂七八糟的！」

「您有些緊張。」白羅輕聲說道。

白羅沒想到會遇上這種場面。任娜．德雷克居然也會緊張，她那鎮定自若的樣子不復存在，她不再忙碌地張羅著，不再把自己的意願強加到別人身上。

「您聽說了嗎？」她問，「哦，不對，您可能還沒聽說。」

「聽說什麼？」

「可怕的事。他……他死啦，讓人殺死了。」

「誰死了，夫人？」

「看來您沒聽說。他也僅僅是個孩子，我想……哦，我真是個傻瓜。我應該告訴您的，您問我的時候我應該告訴您才對。所以我才覺得特別……特別過意不去，因為我知道我最清楚，覺得……不過我純粹是出於好意，白羅先生，真的。」

「請坐，夫人。坐下來說，平靜一點。告訴我事情的原委。死了個孩子……又死了一個？」

「她弟弟，」德雷克夫人說，「是利奧波。」

「利奧波．雷諾茲？」

「是的。他們在一條田間小道上發現了他的屍體。他一定是從學校回來後，一個人到小溪旁去了。有人把他按進溪流中……把頭按進水裡了。」

「和她姐姐喬伊絲一模一樣？」

「對，對。我知道怎麼回事……一定是有人瘋了。但不知道是誰瘋了，真糟糕。一點也不知道。不過我覺得我還是有所了解。我真覺得……真是太殘忍了。」

「夫人，請您告訴我實情吧。」

「好，我是想告訴您，我來就是想要告訴您。因為，您和惠特克小姐談完之後就來找過我。她跟您說起我被什麼東西嚇了一跳，我一定看見什麼。在大廳裡，在我家的大廳裡看見什麼。我說我什麼也沒看見，什麼也沒嚇著我，因為，您知道，我當時想……」她停下來。

「您真的看見什麼了？」

「當時我應該告訴您才是。我看見圖書室的門開了，小心翼翼地推開，然後他走出來了。他不是大大方方地走出來的，而是只在門口站了一下，然後飛快地關上門縮回去了。」

「是誰呢？」

「利奧波，就是現在被害的這個孩子。而您知道，我當時以為……哦，我犯了多大的錯誤啊，鑄成了大錯。要是我當初告訴您，要是您弄清楚內幕該有多好。」

「您當時以為？」白羅說，「您當時以為利奧波殺死了他姐姐。是嗎？」

「對，我是那麼認為。當然不是在當時，因為我還不知道她死了，不過他臉上的表情相當古怪。他這孩子一向怪怪的。有時您會覺得有些怕他，因為您會覺得他不太……不太對勁。他非常聰明，智商相當高，不過總是心不在焉。

「我當時想：『利奧波怎麼不玩蹦龍的遊戲卻跑到這裡來了？』我又想，『他在幹什麼呢，看上去那麼怪？』後來我沒再想這個問題了。不過，他的神情讓我吃了一驚。這就是為什麼我會摔碎了花瓶。伊麗莎白幫我撿起了碎片，我又回到玩蹦龍遊戲的房中，再也沒想了。直到我們找到了喬伊絲我才想起來。可是我以為……」

「您以為是利奧波幹的？」

「對。是的，我就是那麼想的。我覺得原來如此，怪不得他看上去那麼怪。我以為我知道為什麼。我喜歡思考問題……這輩子實在思考得太多了，以為我什麼都知道，什麼都不會弄錯。但我也會大錯而特錯。因為，您知道，他被殺了，表示事情一定不是我所想的那樣。他一定是進去後發現她在那兒……死了。他大吃一驚，簡直嚇壞了。於是他想趁四周沒人時偷偷溜出來，當時他一定是看見我了，就縮了回去，關上門，等大廳裡沒人了再出來。不是因為他殺了喬伊絲，不是的，只是因為看見她死了而嚇壞了。」

「您一直隻字未提？甚至在發現她死了之後也沒說過您看見誰了嗎？」

「沒有。我……怎麼說呢，我不能提這件事。他還……您知道，他還太小。才十歲，差不多快十一歲了，我是說……我當時覺得他不可能知道自己會造成什麼後果，不可能完全是他的錯。從道義上講，他不該負責任。他一向很怪，我那時覺得應該對他手下留情。不要全告訴警察，不要把他送到眾所周知的地方去。我覺得有必要的話，應該送他去做特殊的心理治療。我……我是出於好意，您一定要相信，相信我是出於好意。」

說得多麼傷心啊，白羅心想，簡直是天底下最傷心的話。德雷克夫人似乎看透了他的心思。

「是啊，」她說，「還說什麼『我是出於好意』、『我完全是出於好意』。人們常常以為自己知道怎麼樣做才對別人最有利，事實上並非如此。因為，您知道，他如此吃驚的原因八成是他看見了凶手，要不就是發現了有關線索。凶手感覺到不安全，於是，於是他一直等待時機，終於等到他一個人的時候把他淹死在小溪中，這樣一來他就不會告密，想說也說不了了。要是我那時告訴您、告訴警察或者告訴誰該有多好，可是我以為我全弄清楚了。」

「到今天，」白羅靜靜地坐了一會兒，看著德雷克夫人拚命抑制住抽泣。「我才聽說利奧波最近花錢如流水，一定有人付給他錢堵他的嘴。」

「但會是誰……誰呢？」

「我們會弄清楚的，」白羅說，「不用多久。」

22

白羅並非是個喜歡聽取別人意見的人，他常常對自己的判斷感到相當滿意。不過，也有例外。這次就是個例外。他和史彭斯簡要地交換了一下意見後，就聯繫好了一家出租汽車公司，又和他的朋友及拉格倫警官談了幾句後，他就坐上車走了。他說好讓車送他回倫敦，不過路上他要暫停一會兒，先去榆樹小學。

他向司機交代說，他只下去約莫一刻鐘就回來，趁此機會他拜訪了奧姆琳小姐。

「這個時候來打擾您，實在太抱歉了。您一定該吃晚飯了。」

「啊，白羅先生，我想若沒有急事，您不會來打擾我吃晚飯吧？」

「非常感謝。說實話，我想聽聽您的建議。」

「真的？」

奧姆琳小姐略感吃驚。不只如此，她還一臉狐疑。

「今天太陽怎麼從西邊出來了，白羅先生？您不是一向對自己的看法相當有自信嗎？」

「對，我對自己的看法很有自信，不過，要是有某位值得尊敬的人所持的意見與我一致，我豈不是得到莫大的安慰與支持？」

她沒開口，只是用詢問的目光打量著他。

「我知道殺死喬伊絲·雷諾茲的凶手是誰。」他說，「我相信您也知道。」

「我並沒有說過我知道。」奧姆琳小姐說。

「對，您沒說過。不過我覺得您有自己的觀點。」

「我的猜測？」奧姆琳小姐問，她的聲調愈發嚴峻了。

「這個詞不確切。應該說您的觀點十分明確。」

「那好，我承認自己觀點十分明確，但這並不等於我會把我的觀點告訴您。」

「小姐，我想要在一張紙上寫幾個字。寫完我再問您是否同意。」

奧姆琳小姐站起身，走到書桌旁，取出一張紙遞給白羅。

「這倒有意思，」她說，「寫吧。」

白羅從口袋取出一枝筆。他在紙上刷刷刷地寫了幾個字，疊好後交給她。她接過來展開捧在手中看著。

「怎麼樣？」白羅問。

「前面幾個，我同意。不過後面的就難說了。我沒有證據，真的，我連想都沒想到過。」

「而前面幾個，您有明確的證據嗎？」

「我覺得有。」

「水，」白羅一邊思索一邊說，「您一聽說就明白了，我一聽說也明白。您敢肯定，我也敢。而現在，一個男孩子被淹死在溪流中了。您聽說了嗎？」

「聽說了，有人打電話告訴我。那男孩子是喬伊絲的弟弟，他和案件有什麼關聯呢？」

「他想要錢，」白羅答道，「他得到了。於是，等合適的機會到了，他就被人淹死在溪流中了。」

他的聲音一點都沒變，要說有變的話，只是變得更加刺耳。

「告訴我這個消息的人，」他說，「對這孩子充滿了同情，感到非常不安。不過我不一樣。他還小，是死掉的第二個孩子。但他的死不是偶然事故，而是由他自己的行為招致的。他想要錢，就敢於冒險。他很聰明，不會不知道這要冒多大的險，但他還是想要錢。他才十歲，可是即使在這個年齡也是會遭到報復的，和三十歲、甚至五十歲、九十歲的人都沒有區別。您知道這種案件首先讓我想到的是什麼嗎？」

「應該說，」奧姆琳小姐說，「您更關心的是正義而不是同情。」

「同情，」白羅說，「我完全救不了利奧波。他沒有希望了。而正義，要是我們能伸張正義，我指的是您與我，因為我覺得我們的想法一致……應該說，正義也救不了利奧波。不過，可以救別的利奧波，也許能保住其他孩子的性命，要是我們能夠迅速伸張正義的話。這裡根本不安全，殺手已經殺了不只一個人，對他來說，只有殺人才能使他感到安全。我正要回倫敦跟幾個人談談該怎麼做。也許勸他們接受我的意見。」

「不太容易吧。」奧姆琳小姐說。

「不，我不覺得。做案手段、做案方式也許很難弄清楚，但我想我能說服他們。因為他們懂得做案心理。我想聽聽您的意見，只是意見，而不是要您出示證據。我要問的是尼可拉斯．蘭森和戴思蒙．霍蘭品行如何。我能相信他們嗎？」

「我認為他們完全值得信賴。我的看法就是這樣。他們在有些方面顯得十分愚蠢，可是人就是這樣。從本質上來講，他們很好，就像沒有被蟲蛀過的蘋果一樣。」

「又說起蘋果了，」赫丘勒．白羅悲哀地說，「我必須走了。車在等著呢，我還得去拜訪一個人。」

23

「你聽說他們在石礦森林幹什麼嗎？」卡賴特夫人把一袋袋食品裝入購物籃時問道。

「石礦森林？」艾思佩．麥凱回答說，「沒有，我沒聽說什麼。」

她挑了一袋燕麥片。兩個女人上午在新開張的超級市場買東西。

「他們說那裡的樹很危險，一早來了幾個林務官。是在有個陡坡、一棵歪脖子樹的那一側。我猜想是不是那兒有棵樹要倒了。去年冬天有棵樹讓雷劈死了，不過我覺得離那兒還很遠呢。反正他們在挖樹根，在那下邊。可惜，他們一定會把那裡弄得亂七八糟。」

「哦，不過，」艾思佩說，「我想他們應該知道自己在幹什麼。八成是有人請他們來。」

「他們還叫來了幾個警察，不讓人走近，確保不讓人搗蛋，他們說先要找到那些有問題的樹。」

「原來是這樣，我明白了。」艾思佩．麥凱答道。

她可能真的明白。倒不是有人告訴過她，艾思佩根本不需要別人告知。

§

阿蕊登．奧利薇打開她剛剛從門縫接到的電報。她習慣於從電話中接電報，聽到鈴響趕緊找枝鉛筆記錄下來，同時堅持要別人送一份列印的版本給她好核實一下，因此今天接到了一份「真實的電報」倒叫她嚇了一跳。

「請速帶巴特勒夫人和米蘭達到你家。時不我予。緊急請醫生做手術。」

她奔進廚房，茱迪．巴特勒正在裡面做果醬。

「茱迪，」奧利薇夫人喊道，「快去收拾東西。我現在就回倫敦去，你也去，還有米蘭達。」

「謝謝你的好意，阿蕊登，不過我家還有好多事要做。而且，你也沒有必要今天匆匆就走，你說呢？」

「不，我必須走，有人叫我回去。」奧利薇夫人回答說。

「誰叫您回去……您的管家？」

「不是，」奧利薇夫人說，「是別人，這個人的話我必須照辦。去吧，快點。」

「現在我還不想離家。我不能。」

「你必須去，」奧利薇夫人回答說，「車已經準備好了。我讓它停在大門口。我們馬上就可以動身。」

「我不想帶上米蘭達，我可以把她託誰照看一下。雷諾茲家也行，交給任娜·德雷克也行。」

「米蘭達也要去，」奧利薇夫人馬上打斷她的話。「別為難我了，茱迪，情況很危急。我不知道您怎麼會想到把她交給雷諾茲照顧。他們家有兩個孩子被殺了，不是嗎？」

「對，對，還真是的，叫人覺得那家有問題。我是說他家有誰……噢，我說什麼來著？」

「我們說得太多了，」奧利薇夫人說。「不過，」她又說道，「要是還會有人被害，我看下一個最有可能的是安兒·雷諾茲。」

「他們家到底怎麼啦？為什麼會一個一個被人殺了呢？哦，阿蕊登，太嚇人啦！」

「對，」奧利薇夫人說，「不過有時感到嚇人很正常。我剛剛接到了電報，我就是按上面的指示行事的。」

「是嗎，我沒聽見來電報呀。」

「不是從電話中接到的，是從門縫塞進來的。」

她猶豫了片刻，然後把電報交給了朋友。

「這是什麼意思？做手術？」

「扁桃腺炎，大概是，」奧利薇夫人說，「米蘭達上週不是喉嚨痛得厲害嗎？那可能是說，帶她去倫敦看個喉科專家？」

「你瘋了嗎，阿蕊登？」

「也許是急瘋了，」奧利薇夫人答道，「去吧，米蘭達會非常喜歡倫敦的。你不必操心，她什麼手術也不用做。在間諜小說中，這叫『幌子』。我們可以帶她去看戲，看話劇或芭蕾，她想看什麼就去看什麼。我覺得帶她去看芭蕾舞最好。」

「你嚇壞我了。」茱迪說。

阿蕊登看見朋友在輕輕顫抖著，奧利薇夫人心想，她現在比任何時候都更像水精，像是脫離了塵世。

「去吧，」奧利薇夫人說，「我答應過赫丘勒．白羅先生，他一說出口，我就把你帶去。現在，他說了。」

「這裡到底怎麼了？」茱迪說，「真不知道我為什麼要搬到這裡來。」

「我有時候也奇怪你怎麼選擇了這裡。」奧利薇夫人答道，「不過也沒有什麼定規要住在什麼地方。我有個朋友搬到沼澤地帶去了。我問他為什麼要去那兒住。他說他一直想去，很想去。他一退休就真去了。我說我從未去過那兒，不過我猜一定溼答答的。實際情況怎麼樣呢？他說他自己根本不知道。但他就是一直想去，他頭腦也清醒得很。」

「他真去了嗎？」

「去了。」

「去了之後他喜歡嗎？」

「啊，我還沒聽到消息。」奧利薇夫人說，「不過人都挺怪的，對吧？有些事他們想做，有些事非做不可……」她走進花園叫道：「米蘭達，我們上倫敦去。」

米蘭達慢慢地走過來。

「去倫敦？」

「阿蕊登開車帶我們去，」她母親說，「我們去看戲。奧利薇夫人覺得她可能買得到芭蕾舞票。你想看芭蕾嗎？」

「太好了，」米蘭達回答說，她眼中閃著喜悅的光芒。「我得先去跟一個朋友告別。」

「我們馬上就要走。」

「哦，要不了多久，我得說一聲，我答應過的。」

她沿著花園跑下去，消失在門口。

「米蘭達的朋友是誰？」奧利薇夫人好奇地問。

「我不知道，」茱迪說，「她從來不跟我提。我有時覺得她只把她在樹林中看見的鳥兒或者松鼠什麼的當朋友。但不見她有什麼特別好的朋友。她從不帶女孩子回來喝茶什麼的，不像別的女孩那樣。說起她真正的朋友，應該是喬伊絲．雷諾茲。」她又閃爍其辭地說，「喬伊絲總告訴她關於大象、老虎之類的故事。」她提醒道：「啊，既然你一定要我去，我該上樓打點行裝了。不過我真不想離開這裡，好多事沒做完，像這果醬……」

「你們一定得去。」奧利薇夫人說，她的語氣斬釘截鐵。

茱迪拎了幾個箱子下樓來，米蘭達上氣不接下氣地從側門進來。

「我們吃完飯再走嗎？」她問。

雖然她長得像小樹精，但她仍然是個愛吃東西的健康孩子。

「我們在路上吃，」奧利薇夫人說，「我們在哈弗沙姆的黑孩子餐廳吃飯。去那兒比較合適。離這裡只不過三刻鐘的路，他們菜做得不錯。快，米蘭達，我們馬上就走。」

「我沒時間告訴凱西我明天不能和她一起去照相了。哦，我也許可以打個電話給她。」

「那快去快回。」她媽媽說。

米蘭達跑進客廳，電話就在那裡。茱迪和奧利薇夫人將箱子搬進了汽車。米蘭達從客廳跑出來。

「我告訴她了，」她上氣不接下氣地說，「現在可以啦。」

「你簡直瘋了，阿蕊登，」她們鑽進車裡時茱迪說，「真是瘋了。這究竟是為什麼？」

「我們到時候就知道了，我猜是這樣，」奧利薇夫人說，「不知道是我瘋了還是他瘋了。」

「他？是誰？」

「赫丘勒・白羅。」奧利薇夫人答道。

§

在倫敦，赫丘勒．白羅和另外四個人坐在一間屋子裡。四人中有拉格倫警官，和往常遇見比自己地位高的人一樣，一臉的崇敬和仰慕；第二位是史彭斯主任；第三位是郡警察局長艾爾弗雷德．李奇蒙；第四位是檢察官，尖尖的臉，一看就知道是法律界的人。他們全都看著白羅，神情各異，也可以說都面無表情。

「白羅先生，您似乎很有把握。」

「我的確很有把握，」赫丘勒．白羅回答，「如果事情本身就是這樣發生，人們意識到很可能如此，這時只需找出反證來；若找不到反證，那麼自己的信念就得增強。」

「動機似乎有點複雜，這是我的一家之言。」

「不，」白羅說，「並不真的很複雜。只是太簡單，簡單得讓人難以分辨。」

檢察官先生一臉譏諷之意。

「很快我們就能得到一個明確的證據，」拉格倫警官說，「當然囉，要是在這點上出了差錯……」

「泉水叮咚叮，貓咪沒有掉進井？」赫丘勒．白羅說，「你是這個意思？」

「唔，你必須承認那只是你的假設。」

「已經有了明確的證據了。一個女孩失蹤了，理由往往不很多，首先是她跟某個男人走了。第二點是她死了，其他的就太牽強，根本不可能。」

「您沒有什麼值得特別重視的關鍵吧，白羅先生？」

「有。我和一個著名的房地產經紀人事務所取得了聯繫。他們當中有我的朋友，專門從事西印度群島、愛琴海地區、亞得里亞海、地中海沿岸及其他地區的土地買賣。他們的客戶一般都是鉅富。這裡有一筆近期的交易，或許你們會感興趣。」

他遞過去一張摺疊起來的紙。

「您覺得這和本案有關？」

「我敢確定。」

「我覺得買賣島嶼應該是該國明令禁止的吧？」

「錢能通神。」

「沒有其他您覺得重要的事了？」

「也許我能在二十四小時內讓你們弄清事實。」

「什麼？」

「有個證人。她親眼目睹。」

「您是說……」

「她親眼目睹了一樁謀殺案。」

檢察官先生打量著白羅，滿臉狐疑。

「證人現在在哪兒？」

「我希望，我相信，她正在來倫敦的路上。」

「聽起來有點……天方夜譚。」

「真的。我盡全力採取保護措施，但我必須承認，我還是很擔心。對，我仍舊害怕出了錯，儘管我採取了保護措施。因為，你們都知道，我們正……怎麼形容才好呢，我們的對手放浪形骸，反應速度相當快，貪婪之心已經到了不可收拾的地步，也許——我不能肯定，但覺得有可能——可不可以說他已經發狂了？並非生來如此，而是後天慢慢養成的惡習。邪惡的種子一旦播下，就生根發芽，茁壯地成長起來，此刻它或許已經完全控制了他，使他對生活抱持一種非人的態度，泯滅了人性。」

「我們還得聽取別的意見，」檢察官說，「不能草率行事。當然，它必須取決於……嗯，偽造文件方面。要是的確如此，我們就不得不重新考慮。」

赫丘勒．白羅站了起來。

「我要走了，我已經把我所知道的、我所擔心的以及我所預想到的事情都告訴你們了，我還會和你們保持聯繫。」

他和眾人一一握手，然後走出門去。

「這人有點像江湖郎中，」檢察官說，「他一點都沒觸及重點，你們覺得呢？他自以為了不起。不過，他年紀不小了，我不知道該不該信賴這個年紀的老頭子。」

「我覺得可以信賴他，」警察局長說，「至少，他給我留下這樣的印象。史彭斯，我倆是多年的老交情，你又是他的朋友，你覺得他頭腦是不是有點問題？」

「不，我覺得沒問題，」史彭斯主任答道，「你覺得呢，拉格倫？」

「我是最近才認識他的，先生。一開始我覺得他的……嗯，他說的話、他的想法有點荒誕不經。但現在我被他說服了，我認為事實最終會證明他是對的。」

24

奧利薇夫人靜靜地坐在黑孩子餐廳靠窗的一張桌子旁。時間還早，餐廳人不太多。茱迪．巴特勒從洗手間回來，在她對面坐下，順手拿起菜單看著。

「米蘭達喜歡吃什麼？」奧利薇夫人問，「我們順便替她點了吧。她也該回來了。」

「她喜歡吃炸雞塊。」

「哦，那好辦。你要吃點什麼？」

「跟她一樣。」

「三份炸雞塊。」奧利薇夫人對侍者說。

她往後一靠，仔細審視著她的朋友。

「你怎麼這樣盯著我？」

「我在思考問題。」奧利薇夫人說。

「什麼問題？」

「我在想，事實上我對你的了解多麼少啊。」

「嗯，大家不都這樣，對吧？」

「你是說，一個人永遠不可能完全了解另一個人？」

「我是這麼想。」

「也許你是對的。」奧利薇夫人回答說。

兩人靜靜地對坐了一陣。

「這裡上菜真慢。」

「我想該上了。」奧利薇夫人說。

一個女侍者托了滿滿一盤餐點走過來。

「米蘭達去了這麼久。她知道餐廳在哪裡嗎？」

「她知道。來的路上我們看過了。」茱迪有點不耐煩。「我去叫她。」

「不知道她是不是暈車了。」

「她小時候總會暈車。」

過了四、五分鐘她回來了。

「她不在廁所，」她說，「廁所外面有道門通往花園。或許她從那條路走到花園看鳥去了。她總是這樣。」

「今天可沒有時間讓她看鳥，」奧利薇夫人說，「去找找她吧，我們還得趕路呢。」

§

艾思佩．麥凱用叉子叉了一些香腸放進盤子中，又把盤子擱進冰箱，然後開始削馬鈴薯。

電話鈴響了。

「麥凱夫人嗎？我是古德溫醫生。您哥哥在家嗎？」

「不在，他今天去倫敦了。」

「我打過電話到那邊，他已經走了。等他回來告訴他，我們得到的結果與預想的一致。」

「您是說在井中發現了屍體嗎？」

「也不用保密了，早就傳揚開了。」

「是誰？那個外國女孩子？」

「好像是。」

「可憐的孩子，」艾思佩說，「她是自己投井的，還是……」

「不是自殺……她被人用刀砍死的，是謀殺。」

§

茱迪出了廁所後，米蘭達等了一兩分鐘，然後她開了門，輕手輕腳地溜出去，開了附近通往花園的側門就順著花園中的小道跑過去，小路繞到了後院，那裡曾經是停放馬車用的，現在變成了車庫。她從一個供行人進出的小門鑽出去，進到外面一條小巷子。巷外停著一輛車。一個鬢髮斑白、眉毛突出的人坐在車中看報紙。米蘭達拉開車門爬進去坐在司機的座位旁邊，忍不住哈哈大笑。

「你看上去可真好玩。」

「好好笑個痛快吧。」

車開動了，沿著小巷子駛下去，一會兒向右轉，一會兒向左轉，又再向右轉，最後到了一條車輛比較少的公路上。

「我們的時間安排得正好，」蓄著白鬍子的那人說，「你會趕上看到雙刃斧，還有基特伯里高地，景色美極了。」

一輛汽車從他們旁邊飛掠而過，差點沒把他們的車擠到路邊的柵欄上。

「冒失鬼。」白鬍子的人說。

車裡一位年輕人長髮齊肩，戴著大大的圓眼鏡。另一個長著落腮鬍，很像西班牙人。

「你說媽咪不會為我擔心吧？」米蘭達問。

「她沒有時間擔心你。等她開始擔心，你早就到了你想去的地方啦。」

§

倫敦。赫丘勒．白羅抓起話筒。傳來了奧利薇夫人的聲音。

「我們把米蘭達弄丟了。」

「什麼，丟了？」

「我們在黑孩子餐廳吃飯。她去上廁所，沒有再回來。有人說看見她坐上一個老人的車走了。但也不一定就是她。可能是別人，這……」

「應該有人陪著她才行。你們都不能讓她離開自己的視線，我告訴過你有危險。巴特勒夫人著急嗎？」

「她怎麼會不著急？你說怎麼辦？她都快瘋了。堅持要報警。」

「對，自然應該報警，我也給他們打電話。」

「米蘭達怎麼會有危險呢？」

「你還不知道吧？現在應該知道了，」他又說，「屍體已經找到了。我剛聽說……」

「什麼屍體？」

「井裡有具屍體。」

25

「真美。」米蘭達環顧四周感嘆道。

基特伯里競技場是當地的一個景點，不過遺跡並非特別出名。幾百年上千年前就已經拆掉了。然而四處還有花崗石柱矗立在那裡，向人們講述著許久以前的儀式崇拜。

米蘭達問道：「這裡為什麼有這麼多石頭？」

「為儀式而準備的。儀式崇拜，獻祭用的。你知道獻祭是怎麼回事，米蘭達？」

「我知道。」

「要知道，非那樣做不可，事關重大。」

「你是說，那不是一種懲罰，而是別的目的？」

「對，是別的目的，你死了別人才能活下去，你死了美才能存在下去，才能形成美。這一點相當重要。」

「我以為……」

「什麼，米蘭達？」

「我以為你應該死去才好，因為你的行為害了別人。」

「你怎麼會這麼想呢？」

「喬伊絲。我要是不告訴她那件事，她或許還活著，對吧？」

「可能吧。」

「喬伊絲一死我就開始難過了。我沒有必要告訴她。我告訴她，只是希望告訴她一點有價值的東西。她去過印度，一直講著她的經歷，講老虎呀、大象呀，還講他們的金飾物等等。我也想……突然我希望別人知道。因為你知道，以前我並沒有想起來過。」她補充道：「那……那時也是獻祭嗎？」

「也算是的。」

米蘭達沉思著，過了好久她才問：「時間到了嗎？」

「太陽還沒到那兒。再等五分鐘，可能就會照在石頭上。」

他們又靜靜地在車旁坐著。

「好了，」米蘭達的同伴看著天空說，太陽正向地平線移去。「此刻太棒了，沒有別人。誰也不會在這個時候爬到基特伯里高地頂上來參觀競技場。十一月太冷了，黑莓也已經採過。我先把雙刃斧指給你看。雙刃斧在石頭上。是幾千年前他們從邁錫尼或克里特來的時候刻在石頭上的。妙極了，米蘭達，對吧？」

「對，真是妙極了，」米蘭達說，「指給我看看。」

他們走到最高處的石頭旁。旁邊地上躺著一塊石頭，斜坡下稍遠處還有一塊傾斜著，似乎歲月的滄桑使它累彎了腰。

「你高興嗎，米蘭達？」

「我非常高興。」

「印跡就在這裡。」

「真的是雙刃斧嗎？」

「對，歲月流逝，它漸漸被抹去了，不過就是在這兒，是一種象徵。把你的手擱在上面。現在……現在我要向過去與未來、向美乾杯。」

「哦，多美呀。」米蘭達說。

一只金色酒杯放在她手上，她的同伴從瓶子裡倒出了金色的液體。

「這酒是水果味的，桃子味的。喝吧，米蘭達，喝了你會更加快樂。」

米蘭達抓住鑲著金邊的酒杯。她打了個噴嚏。

「對，對，聞著是桃子味。哦，看太陽。真是橙紅色的，就像躺在世界的邊緣似的。」

他推了推她，讓她面向太陽。

「抓好酒杯，喝吧。」

她聽話地轉過身去，一隻手仍然放在花崗石上若隱若現的印跡上。她的同伴站在她身後。從山下傾斜的石柱底下鑽出了兩道人影，彎著腰。山頂上的兩位背對著他們，絲毫未覺察。他們很快偷偷地摸上了山頂。

「為美而乾杯，米蘭達。」

「你這個惡魔！」

他們身後響起了一聲大叫。

一件玫瑰色天鵝絨的上衣從某人頭上擲過來，一把刀從緩緩舉起的手上落下來。尼可拉斯．蘭森抓住米蘭達，死死地抱緊她，把她從搏鬥中的另外兩個人身邊拖走。

「你這個討厭的小傻瓜，」尼可拉斯．蘭森說，「竟然和這個殺人不眨眼的魔鬼跑到這裡來。你應該知道你在幹什麼。」

「我知道，」米蘭達說，「我覺得我應該成為祭品。因為你知道，全是我的錯。就是因為我，喬伊絲才被人殺了。因此我應該當祭品，對吧？成為一種獻祭儀式。」

「別胡說什麼殺人儀式了。他們發現那個女孩。你知道那個外國女孩失蹤很久了，兩年了吧。大家都以為她因為偽造遺囑而逃走。但她沒有逃走。已經在井裡發現了她的屍體。」

「噢！」米蘭達突然痛苦地大叫起來。「不是在許願井裡吧？不是在我一直渴望找到的許願井中吧？噢，我不希望她在許願井裡。誰……誰把她弄進去的？」

「把你帶到這裡來的這個人。」

26

四人再次坐在一起看著白羅。拉格倫、史彭斯主任和警察局長都喜形於色，知道勝利在望。第四個人卻仍是半信半疑。

「啊，白羅先生，」警察局長主持今天的會議，請檢察官先生做記錄。「我們全都在這兒……」

白羅做了個手勢。拉格倫警官出了門，他帶來一位三十出頭的女人、一個小女孩以及兩個小夥子。他向警察局長介紹道：「這是巴特勒夫人、米蘭達·巴特勒小姐、尼可拉斯·蘭森先生和戴思蒙·霍蘭先生。」

白羅站起來拉著米蘭達的手。

「坐在你媽旁邊，米蘭達。這位是李奇蒙先生，他是警察局長，他想問你幾個問題，希望你能回答。是有關你見過的事……離現在一年多以前發生的，還是快兩年。你對一個人說過，我聽說你只和一個人說過。對吧？」

「我告訴了喬伊絲。」

「你到底是怎麼對她說的？」

「我說我目睹了一次謀殺。」

「你和別人也說了嗎？」

「沒有。不過利奧波可能猜到了，他偷聽了，躲在門口，好像是的。他特別喜歡打聽別人的祕密。」

「你聽說過這件事吧？在舉行萬聖節派對的那天下午，喬伊絲．雷諾茲聲稱她親眼目睹過一樁謀殺案，她說的是真的嗎？」

「不是。她只是在重複我對她說過的話，裝作是她自己看見的。」

「能不能告訴我們你究竟看見了什麼？」

「一開始我並不知道這是一起謀殺案，我以為出了意外，以為她從高處掉下來了。」

「在什麼地方？」

「在石礦花園……在那個坑裡，以前那兒有個噴泉。我當時坐在樹上。我本來是在觀察一隻松鼠，要想觀察松鼠就得十分安靜才行，要不然牠們就跑了。松鼠跑得非常快。」

「請告訴我們你看見了什麼。」

「一個男人和一個女人抬著她沿著小路向上走。我以為他們是要送她去醫院或者回石礦宅。這時女人突然停下來說：『有人在看我們。』還盯著我坐的那棵樹看。不知怎麼的我有些害怕。但我一動也沒動。男人說：『胡說。』他們就繼續往前走了。我看見絲巾上有血，上面還有一把帶血的刀，我以為是誰想自殺。但我一動都沒動。」

「因為你害怕？」

「對，但我不知道我為什麼害怕。」

「你沒有告訴媽媽？」

「沒有。我想也許我不該坐在那兒偷看。第二天誰也沒有說起出事了，我就忘了。後來我從沒想起過，直到有一天……」

她的聲音戛然而止。警察局長嘴巴動了動，又閉上了。他看了白羅一眼，做了個不易覺察的手勢。

「嗯，米蘭達，」白羅問，「直到什麼時候？」

「那天的事好像又出現在我眼前。這次是在觀察一隻綠啄木鳥，我一動不動地蹲在灌木叢後面。那兩個人坐在那裡談話，說的是一個島嶼，一個希臘島嶼。她像是在說：『全都簽好了，是我們的了，我們什麼時候想去都可以。不過最好慢慢來，不要操之過急。』正巧啄木鳥飛了，我就動了一下。她說：『噓，輕點，有人在看我們。』和上次說話時一模一樣，臉上的表情也一模一樣，我又嚇壞了，於是我記起來了。這一次我想通了。我知道我上次見到的是一場謀殺，他們是抬著一具死屍埋在什麼地方。您知道，我再也不是個孩子了。我明白……應該是怎麼回事，血跡、刀，還有死屍……」

「什麼時候發生的？」警察局長問，「多久以前？」

米蘭達想了一下。

「去年三月，就是在復活節之後。」

「你完全看清楚那兩個人了嗎，米蘭達？」

「當然。」米蘭達有點迷惑不解。

「你看見他們的臉了？」

「那當然。」

「他們是誰？」

「德雷克夫人和米契……」

她輕輕說著，語調平靜，其中隱約含著點好奇，卻十分肯定。

「你從未告訴任何人，為什麼呢？」警察局長問。

「我以為……我以為可能是一種獻祭。」

「誰告訴你的？」

「米契告訴我的，他說獻祭很有必要。」

白羅輕聲問道：「你愛米契嗎？」

「嗯，對。」米蘭達答道，「我非常愛他。」

27

「終於把你請來了，」奧利薇夫人說，「我想弄清楚來龍去脈。」她看著白羅，態度顯得十分堅決。她嚴肅地說：「你怎麼不早點過來？」

「對不起，夫人，我一直在幫警察調查呢。」

「只要罪犯回答問題不就行了？你怎麼會想到任娜．德雷克會是凶手呢？別人恐怕連作夢也想不到吧？」

「我一得到關鍵線索就一目了然了。」

「關鍵線索是什麼？」

「水。我想要找的是派對上哪個人身上是溼的，而他本不該弄溼衣服。殺害喬伊絲．雷諾茲的人勢必全身溼透。想想看，把一個活蹦亂跳的孩子按入水桶中，她必定會掙扎，水濺得到處都是，凶手一定弄溼了。於是得想辦法提供全身溼透的理由。大家都擠到餐廳玩蹦龍遊戲時，德雷克夫人把喬伊絲帶進了圖書室。女主人要她去，她自然會跟著走，而且不會對德雷克夫人起疑心。米蘭達只告訴她自己目睹過一樁謀殺，僅此而已。於是喬伊絲被害，兇手必然全身溼透，但必須找個理由。她開始製造一個藉口，還得有證人看見她全身弄溼了。她手執巨大花瓶站在樓梯上等待時機，花瓶裡灌滿了水。正巧惠特克小姐從玩蹦龍遊戲的房間出來……裡面太熱。德雷克夫人假裝開始感到緊張，讓花瓶跌落，確保它掉下去時讓水灑到自己身上。她跑下樓梯，惠特克小姐拾起碎片，而德雷克夫人不停地抱怨自己打碎了這麼漂亮的花瓶。她力圖給惠特克小姐留下這樣一個印象，她是因為看見了什麼，看見有人從做案現場出來。惠特克小姐當真了，而當她對奧姆琳小姐說起時，奧姆琳小姐明白其中大有文章，於是她讓惠特克小姐告訴了我。

「於是，」白羅撫摩著鬍子說，「我也知道了到底誰是殺害喬伊絲的兇手。」

「但喬伊絲根本沒有目睹過什麼謀殺案！」

「德雷克夫人並不知道呀。她一直懷疑她跟米契殺害奧爾加·塞米諾娃的時候，有人在石礦花園看見了。」

「你什麼時候開始想到是米蘭達而不是喬伊絲？」

「當我聽到所有人都說喬伊絲撒謊時，我不得不接受事實。那麼一定是米蘭達了。她常去石礦花園觀察鳥、松鼠等等，米蘭達告訴我，喬伊絲是她最好的朋友。她說：『我們無話不談。』米蘭達沒有參加派對，於是小騙子喬伊絲就可以用朋友告訴她的故事來吹噓自己目睹過一樁謀殺案……很可能是想要給你，夫人，這個偵探小說作家，留下深刻的印象。」

「是的，都怪我。」

「不，別這樣說。」

「任娜．德雷克，」奧利薇夫人沉吟道，「我還是無法相信她會做出這種事。」

「她各種條件都符合。我一直不明白，」他又說，「馬克白夫人到底是什麼樣的人。在生活中要是能遇見她，她會是什麼樣子？嗯，我看我是碰見她了。」

「那米契．加菲爾呢？他們真不配。」

「有意思。馬克白夫人和納西索斯，這一對可真是不同尋常。」

「她是個漂亮的女人，精明強悍，天生就是個管事的好人才，還出人意料地是個好演員。你要是看見她哀悼小利奧波之死就好了，她拿著手絹，哭得像淚人兒一般。」

「真叫人作嘔。」

「你還記得我問過你，哪些是好人，哪些不是嗎？」

「米契．加菲爾愛上她了？」

「我懷疑除了自己之外，米契．加菲爾有沒有愛過別人。他想要錢，大量的錢，也許一開始他寄望給洛林史邁夫人留下好印象，從而讓她在遺囑中把財產留給他，但洛林史邁夫人不會輕易上當。」

「那偽造的文件呢？我至今還弄不清楚到底怎麼回事？」

「一開始很迷惑人。應該說，偽造得太多了。不過只要好好想一下就能明白。只要好好考慮一下到底發生了什麼就行了。

「洛林史邁夫人的全部遺產歸任娜．德雷克所有。附加條款顯然是偽造的，哪個律師都能看出來。附加條款首先要經過檢驗，專家會提供證據推翻這一條款，那麼原來的遺囑就會生效。既然任娜．德雷克的丈夫死了，她會繼承全部財產。」

「那麼那位女清潔工做見證人的附加條款又做何解釋？」

「我的假設是洛林史邁夫人發現米契．加菲爾和任娜關係不正常……說不定在她丈夫死之前就發現了。盛怒之下，洛林史邁夫人在遺囑中加了一條，要把全部財產留給她的外國侍女。這女孩子一定是告訴了米契，她想要嫁給他。」

「我還以為她想嫁給費里呢。」

「那是米契編的，還挺能吸引人，但完全沒證據。」

「要是知道附加條款真有其事，他為什麼不娶奧爾加好得到那筆錢呢？」

「因為他懷疑她是否真能得到遺產。法律中有一條是關於不當壓力的。洛林史邁夫人年老多病，她以前的遺囑都是把財產留給親屬。法庭覺得這些遺囑才有說服力。這個外國女孩她才認識一年，而且非親非故，即使附加條款是真實的，也很容易推翻。另外，我懷疑奧爾加是否有能力買下希臘的島嶼，甚至也不會答應去買。她沒有什麼有權勢的朋友，也不懂合約的事。她迷上了米契，但她只想要嫁給他，好使她能待在英國，她想要的就是這個。」

「而任娜・德雷克呢？」

「她迷上了他。她的丈夫殘疾好多年。她正值中年，熱情奔放，恰恰身邊來了個小夥子，出奇地英俊瀟灑。女人很容易迷上他，但他需要的不是女人的姿色，而是實現他創造美的衝動。這就是為什麼他需要錢，大量的錢。至於說愛，他只愛自己。他是那西索斯。許多年前我聽過一首法國老歌……」

他輕輕哼著：「看吧，納西索斯，看水中，看吧，納西索斯，你多麼美，在這個世界上只有美貌和青春至上……啊！青春。看吧，納西索斯……看水中……」

「難以置信！我實在無法相信，有人會僅僅為了在某個希臘島嶼上建個花園而去殺人。」奧利薇夫人不肯相信。

「你不信？你不能設想一下他腦袋裡在想些什麼嗎？裸露的岩石，或許能塑成各種各樣的形狀。在裸露的岩石上鋪上泥土，鋪上厚厚一層沃土，然後種上各種植物、灌木叢、樹木。也許他在報紙上看見某位造船業的百萬富翁為他心愛的女人在島嶼上建了個花園，於是他想，他要建一個花園，不是為哪個女人，而是為他自己。」

「我還是覺得太荒唐。」

「對。確實。我懷疑他是否覺得自己的動機十分卑鄙。他唯一想到的是創造更多的美景，只能如此。他為了創造簡直發了瘋。他創造了石礦花園以及其他花園的美景。如今他眼前浮現出更多的美景，整個島嶼處處是美景。而任娜・德雷克迷上了他。對於他來說，她只不過是能讓他創造美的財源而已。對，他可能真是瘋了。神要毀滅誰，首先就使他發瘋。」

「他真的那麼想要得到他的島嶼？甚至被任娜・德雷克這種女人牽住脖子他也在所不惜？讓她管得死死的無所謂？」

「還可以發生事故嘛。我想到時候，事故就會發生在任娜・德雷克身上。」

「另一次謀殺？」

「對。最初事情很簡單。他們必須除掉奧爾加，因為她對附加條款有所了解，而且她還得成為代罪羔羊，背上偽造文件的黑鍋。洛林史邁夫人把原件藏了起來，於是我猜他給了年輕的費里一筆錢，讓他偽造一個類似的文件。十分明顯是偽造的，因而馬上會引起懷疑。這注定他會遭滅口。我很快了解到，萊斯利・費里和奧爾加沒什麼來往。只是米契・加菲爾向我暗示過他們關係密切，我認為付錢給費里的是米契。而獲得外國女孩芳心的正是米契・加菲爾，他警告那女孩不要說出去，尤其不要告訴她的雇主。一方面許諾將來娶她，另一方面卻為了和德雷克夫人一起得到巨大遺產，不惜冷酷地把她當作犧牲品。沒有必要讓奧爾加・塞米諾娃受指控犯了偽造罪，只要讓她受到懷疑就行了。偽造的文件顯然對她有利。她輕而易舉就能做到，因為有證據證明她常代雇主寫信，善於模仿字體。若是她突然失蹤，人們會以為她不僅偽造文件，還有可能對雇主的猝死負有責任。如此這般，在一個恰當時候，奧爾加・塞米諾娃一命嗚呼。萊斯利・費里被殺，給人的假象是幫派內訌致死，或遭嫉妒心強的某個女人砍死。但井中發現的刀和他所受的刀傷十分吻合。我知道奧爾加的屍首一定藏在附近，但苦於找不到地方，直到有一天聽到米蘭達問起一口許願井，催米契．加菲爾帶她去看而遭到拒絕，這時我才有了線索。不久和古德博迪太太談起來，我說不知道那個失蹤女孩上哪兒去了，她回答：『泉水叮咚叮，貓咪落入井。』於是我敢確定女孩的屍首在許願井裡。我在石礦花園的樹林中找到那口井，是在離米契．加菲爾的小屋不遠的一個斜坡上。我想要嘛米蘭達目擊了謀殺事件的過程，要嘛她看見了他們處理屍體。德雷克夫人和米契害怕有人看見了，但他們不知道是誰，既然平安無事，也就漸漸放心了。他們制定了計畫……並不慌張，但已經著手行動。她說起在國外買土地……給大家一個她想要離開伍利社區的印象，因為這個地方太叫她傷感了，當然她哀傷之源是丈夫的早逝。一切都順利進行，突然在萬聖節時，喬伊絲宣稱目睹過一樁謀殺案，簡直是晴天霹靂。此時任娜明白，也可以說她自以為明白，那天在林中的人原來是喬伊絲。她沒有耽誤時機，立即下手了。然而事情沒有就此了結。小利奧波來索錢，他說想買點東西。不知道他到底猜測到或了解了多少，但他畢竟是喬伊絲的弟弟，他們很可能以為他比實際知道的要多，因此……他也死了。」

「你懷疑她，是因為有『水』這條重要線索，」奧利薇夫人說，「那你怎麼懷疑起米契．加菲爾的呢？」

「他從各方面看都是最合適的人選，」白羅簡單地說，「後來……最後一次與米契．加菲爾談話時，我肯定了自己的判斷。他笑著對我說：『離我遠點，魔鬼撒旦。找你的警察朋友去吧。』於是我就全明白了。這句話反過來說也成立。我自言自語道：『我正離你愈來愈遠，魔鬼撒旦。』這麼年輕英俊的魔鬼，簡直是人間的撒旦……」

房裡還坐著一位婦女，她一直沒開口，這時她坐在椅子上按捺不住了。

「這個惡魔，」她說，「對，我現在明白了。他一向都是如此。」

「他非常英俊，」白羅說，「他也熱愛美。熱愛他用自己的頭腦、自己的想像以及自己的雙手創造出來的美。為此他寧願奉獻一切。我想，他用自己的方式愛著米蘭達這個孩子，他卻打算用她來獻祭，來拯救他自己。他周密地安排好計畫，把它按一種儀式來進行，也可以說向米蘭達灌輸了這種觀念。她告訴他自己什麼時候離開伍利社區，他教她怎樣在您和奧利薇夫人用餐的飯館和他會面。人們會發現她在基特伯里競技場，有雙刃斧的印跡旁邊，身邊放著一只金色酒杯……完成一種獻祭的儀式。」

「瘋了，」茱迪·巴特勒說，「他一定是瘋了。」

「夫人，您的女兒得救了……不過我很想知道一件事。」

「白羅先生，您想知道什麼，我都願意告訴您。」

「她是您的女兒……她是否也是米契·加菲爾的女兒？」

茱迪沉默了片刻，然後她說：「是的。」

「而她自己並不知道？」

「是的，她一點也不知道。在這裡與他重逢純屬巧合。我很年輕的時候就認識他，瘋狂地愛著他，後來……後來我感到恐懼。」

「恐懼？」

「是的。不知道為什麼。倒不是他做了什麼事叫我害怕，只是對他的本性產生了恐懼。他表面上溫文爾雅，而在這層面紗下卻是冷酷、放蕩不羈。我更害怕的是他對美、對創造的熱情。我沒有跟他說我懷了孩子，我離開了他……換了地方，孩子誕生了。我編了個謊言，說丈夫是個飛行員，不幸喪生。我不停地搬家，來伍利社區也是偶然。我在曼徹斯特簽了合約做祕書工作。

「後來有一天，米契·加菲爾來了，他在石礦森林工作。我自己並不在意，他也是，一切都過去很久了。但後來，雖然我不知道米蘭達常去森林裡玩，我卻真的擔心……」

「是啊，」白羅說，「他們兩人有一種聯繫，一種自然的親情。我看得出他們很相像，只不過米契·加菲爾——美麗的撒旦的追隨者——充滿了邪惡，而您的女兒純潔聰慧、天真無邪。」

他走到桌子旁邊取出一枚信封，從中抽出了一張精美的鉛筆畫。

「是您的女兒。」他說。

茱迪看了一眼，簽名是「米契·加菲爾」。

「他是在石礦森林的小溪旁畫的，」白羅說，「他說，他畫這幅畫的目的是為了不遺忘。他害怕會忘了。然而，這並沒有阻止他舉起屠刀。」

他指了指左上角的鉛筆字。「您能看清嗎？」

她慢慢地拼出來。「依菲琴尼亞。」

「對，」白羅說，「是依菲琴尼亞。阿伽門儂用自己的女兒獻祭，以換取送他去特洛伊的海風。米契願用親生女兒獻祭，好得到一個新的伊甸園。」

「他知道自己在幹什麼嗎？」茱迪說，「我不知道……他是否有悔恨過？」

白羅沒有回答。他的頭腦中展現著一幅畫面：一個美貌絕倫的年輕人躺在刻有雙刃斧的花崗石邊，僵硬的手指仍緊抓著一只金色的酒杯；他伸手抓酒杯的時候突然遭到報應，他的犧牲品得救了，而他得到了應有的下場。

米契．加菲爾就是這麼死的，罪有應得，白羅心想。不過，在希臘海中就不會有一處鮮花盛開的島嶼了……那裡會有米蘭達，年輕美貌，朝氣蓬勃。

他牽起茱迪的手吻了一下。

「再見，夫人，請代我向您的女兒問好。」

「她會永遠記住您、感謝您。」

「最好不要，有些記憶最好埋藏起來。」

他走向奧利薇夫人。

「晚安，親愛的夫人。馬克白夫人和納西索斯，真是太有意思了。我得向你表示感謝，謝謝你請我來……」

「是啊，」奧利薇夫人惱怒地說，「又是怪我！」

藏在日常細節中的冒險

楊照（作家）

一開始，就都在那裡了。

一九二〇年，阿嘉莎．克莉絲蒂出版了《史岱爾莊謀殺案》，神探白羅就已經退休了。而且在這個案子裡，藉由敘述者海斯汀的轉述，就鋪陳出克莉絲蒂小說最基本的偵探原則：

「那些看來或許無關緊要的小細節……它們才是重要的關鍵，它們才是偉大的線索！」

「豐富的想像力就像洪水一樣，既能載舟亦能覆舟，而且，最簡單直接的解釋，往往就是最可能的答案。」

「沒有任何謀殺行為是沒有動機的。」

還有，一個不討人喜歡的死者，一群各有理由不喜歡死者、因而也就都有殺人動機的人，這些人彼此之間構成複雜的關係，有的互相仇視，有的互相愛戀，麻煩的是，有些愛人其實貌合神離，有些仇人其實私下愛慕；更麻煩的是，不論是愛或是仇，都有可能是扮演出來的。

一個外來的偵探必須周旋在這些嫌疑者之間，從他們口中獲取對於案情的了解，換句話說，他必須在很短的時間內，搞清楚誰是誰、誰跟誰吵架、誰跟誰偷情，然後判斷誰說的哪一句是實話、哪一句是謊言。常常謊言比實話對於破案更有幫助。

再偷偷透露一下，如果要和小說裡的凶手及小說背後的作者鬥智，就像克莉絲蒂對英國社會的了解，祕訣就在於要去追究小說裡的人物背景，尤其是他們的階級地位。基本上，階級地位愈高、權力愈大、愈有錢者，說的話就愈不要相信。例如在《史岱爾莊謀殺案》中，僕人、園丁說的話遠比有頭有臉的人說的要可信多了。就算要說謊，他們的謊言也比較天真，而且往往出於善良動機。當你歸納線索時，就會知道他們並非故意說謊，那是因為他們的認知受到蒙蔽或誤導，而你慢慢就從這蒙蔽或誤導中被引導到真相。

《史岱爾莊謀殺案》出版那年，克莉絲蒂三十歲，但書稿其實早在五年前就寫好了，畢竟要找到有人願意出版一個看來再平凡不過的家庭主婦寫的小說，並不是那麼容易。

所有和克莉絲蒂接觸過的人，都對於她的「正常」留下深刻印象。她看起來就和她那個年紀的典型英國家庭主婦一樣，害羞、靦腆，只能在社交場合勉強跟人聊些瑣事話題，完全無法演講，甚至連只是站起來對眾賓客說幾句客套話，請大家一起舉杯，她都做不到。她不演講，也很少答應接受採訪，就算採訪到她也很難從她口中得到有趣的內容。她會講的，幾乎都是記者本來就知道、或者自己就可以想得出來的。

例如說白羅這個神探的來歷。克莉絲蒂回答：他應該是個外國人，這樣就能在英國日常生活中看出英國人自己看不出的線索。她自己碰過的外國人，只有第一次大戰剛爆發時到英國避難的比利時人。比利時警察怎麼能跑到英國來？那一定是因為他已經退休了。他有潔癖，所以對於現場會有特殊的直覺，馬上感受到不對勁的地方。一個有潔癖的人，好像應該長得矮小些才相稱，一個矮小有潔癖的人最適當的名字，就是希臘神話裡的大力士「赫丘勒斯（Hercules）」，製造出荒唐的對比趣味。那白羅這個姓是怎麼來的呢？克莉絲蒂很誠實地說：「我不記得了。」

一切都如此順理成章，一切都如此合邏輯，不是嗎？有記者問她怎麼看自己的舞台劇〈捕鼠器〉，創下了英國劇場、甚至全世界劇場連演最多場紀錄的名劇？克莉絲蒂的回答也還是中規中矩，合理合節：那是一齣小戲，在一個小劇院演出，成本很低，任何人想到了都可以帶家人或朋友去看，老少咸宜，並不恐怖，也不特別荒謬打鬧，可是又什麼都有一點，包括恐怖和荒謬打鬧的成分。

她的身上找不出一點傳奇、怪誕色彩，那她為什麼能在五十年間持續寫偵探小說，創造了那麼多謀殺，還創造了那麼多詭計？

首先因為她是女性，以及她的身世，包括她的階級身分，使得她在描寫故事場景時比一般男性作者來得敏感。因為在她之前的偵探推理小說男性作家的階級身分都是高高在上，基本上他們會從較高的角度看社會，比較看不到底層的感受。

而她的婚變以及婚變中遭逢的痛苦，都使她更能體會與觀察，將英國社會的複雜細節融入小說的核心情節，讓探案與線索分析結合在一起。

克莉絲蒂一生結過兩次婚，第一次在一九一四年，婚後不久，丈夫就參加了歐戰，是英國皇家空軍最早一批飛行員。一九二六年，這個丈夫有了外遇，直率地向克莉絲蒂要求離婚，在那之前，克莉絲蒂的媽媽才剛過世，雙重打擊之下，又遇到車子無法發動，克莉絲蒂崩潰了，她棄車而走，忘記了自己究竟是誰，躲進一家鄉間旅館，登記時寫了她心裡唯一有印象的名字——她丈夫情婦的名字。

離婚後，一次在晚宴中，有人提起近東烏爾考古的最新收穫，克莉絲蒂就取消了原定要去西印度群島的計畫，改訂了跨越歐洲到君士坦丁堡的「東方快車」，是的，就是這趟旅程給了她寫《東方快車謀殺案》的靈感。不過更重要的是，在烏爾，她認識了一位年輕的考古學家，比她小十四歲，這個人後來成了她的第二任丈夫。

這位考古學家陪她去參觀在沙漠中的烏克海迪爾城，卻在沙漠中迷路困陷了。幾小時中克莉絲蒂卻沒有一點驚慌不安，當下考古學家就決定要向她求婚。

原來，克莉絲蒂的內心是有這種冒險成分的。要不然她不會兩次選到的，都是喜愛冒險的丈夫，而她本身大概也不會吸引一個在各種危險情境下挖掘古代寶藏的人，讓他願意向一個大他十四歲的女人求婚。

這樣說吧，維多利亞時代後期的英國環境，壓抑限制了克莉絲蒂冒險、追求傳奇的內在衝動，她只好將這樣的衝動寄託在丈夫和寫作上。她一邊陪著第二任丈夫在近東漫走，一邊在小說中寫各式各樣的謀殺與探案。謀殺和探案都是冒險，還有，偵探偵查中做的事——蒐集線索，還原命案過程——其實和考古學家的考掘，如此相似！

克莉絲蒂寫得最好的，正是「藏在日常中的冒險」。她個性中的雙面成分，造就了特殊的偵探魅力。既嚮往非常傳奇，卻又有根深柢固的日常邏輯信念，兩者都在克莉絲蒂的小說中扮演了重要角色。她的謀殺案幾乎都和日常習慣緊密編織在一起，日常環境成了凶手最重要的掩護。有些日常規律明顯地被破壞了，讓我們很自然以為那會是謀殺的線索，沿著這些線索形成了閱讀中的推理猜測，然而白羅早就提醒了，真正重要的反而是那些「細節」，也就是看來像是依隨日常邏輯進行的事，或說藏在日常邏輯中因而不被看重的事，那裡要嘛藏著凶手的核心詭計、煙幕，要嘛藏著凶手致命的破綻。

凶案的構想，就是如何讓異常蓋上日常、正常的面貌，又如何故意將日常、正常予以扭曲，製造假象；那麼偵探要做的，就是如何準確地在日常中分辨出真正的異常，將假的、明顯的異常撥開來，找出細節堆疊起來的異常真相。

此外，克莉絲蒂的小說裡隱藏著極其曖昧的情感價值觀，最典型、最有名的就是《東方快車謀殺案》。透過追查過程，讓讀者知道為什麼凶手要訴諸於這種手段，其動機具有可同情之處，再加上克莉絲蒂對身分階級的觀察，她比較相信或讓讀者相信那些沒有權力、地位的人，隨著偵查節奏去認識可能或必須懷疑的人。克莉絲蒂最擅長營造「多重嫌疑犯」的小說特質，因為讀者在閱讀時必須被迫去認識很多不一樣的人。在她最受歡迎的作品，大概都具備這樣的特質。

當然，她的作品中還有兩個最突出的神探，即白羅和瑪波。白羅是比利時人，但為什麼必須是外國人？這是因為英國人具有高度階級意識，這種觀念一路滲透到所有互動細節，包括人與人之間如何說話。而白羅因為不是英國人，他會發現一般英國人不太看得出來的東西，以及兩個人互動的方法哪裡不正常。至於瑪波為什麼得是老太太？她一如那個年代的老人家，總是靜靜坐著打毛線，因為不起眼，自然讓人放鬆防備，所以瑪波探案的線索都是來自於這樣的互動模式。

然而，白羅有很明顯的優勢，瑪波的身分使她基本上只能進行「靜態」的辦案，案子的空間受到侷限，白羅卻可以跨越各種空間，恣意揮灑。而且白羅擁有警官身分，可以合理出現在各種犯罪現場，瑪波能出現的地方，相形之下就勉強、不自然多了。白羅是明白的 outsider，在英國，只要他出現，就會覺得有外人在而感到緊張，於是很容易露出平常不會表現的行為；瑪波則看起來是insider，但實質上是outsider，因為總是沒人發現她、當她空氣人。這兩人的探案，是兩個極端。雖然讀者最愛白羅，但克莉絲蒂自己偏愛瑪波勝於白羅。

不管後來的偵探、推理小說發展了多少巧妙詭計，克莉絲蒂卻不會過時，因為她的推理如此密切地和日常纏繞在一起；活在日常中，我們就無可避免被克莉絲蒂的「日常細節推理」吸引，隨時讀來都充滿驚奇趣味。

名家盛讚克莉絲蒂（依推薦時間排序）

金庸（作家）

克莉絲蒂的寫作功力一流，內容寫實，邏輯性順暢，也很會運用語言的趣味。閱讀她的小說，在謎底沒有揭露之前，我會與作者鬥智，這種過程非常令人享受。其作品的高明之處在於：布局的巧妙完全意想不到，而謎底揭穿時又十分合理，讓人不得不信服。

詹宏志（作家、PChome網路家庭董事長）

推理小說在從先輩柯南．道爾等人的發明中出現力量時，誕生了一位《天方夜譚》故事中每天說故事說個不停的王妃薛斐拉．柴德，也就是「謀殺天后」克莉絲蒂，整個世界對聽這些故事才有如此的熱情。他們捨不得睡覺，每天問後來還有嗎、還有嗎，永遠不肯離去，這就是克莉絲蒂對推理小說的最大貢獻。

可樂王（藝術家）

所謂「克莉絲蒂式」的推理小說，就是一場和一個天才的寫作者或高明的恐怖份子在紙上捕捉捉殺的戰事。即便是一列火車、一處飯店或一間酒吧，在克莉絲蒂寫來皆充滿神祕和猜謎。在人生適合的下午裡，我總是一面嚼著口香糖，一面跟著矮子偵探白羅穿梭謀殺現場，克莉絲蒂的推理作品無疑是推理世界中最充滿「魔術性」的小說。

吳若權（作家、節目主持人）

我從小就對推理小說情有獨鍾，克莉絲蒂一系列的作品尤其令我愛不釋手。多年來，閱讀推理小說的經驗讓我覺悟：讀者在文字情節中推展開來的驚嘆，不只是因緣於故事的本身，而是自我性格的投射。從這個觀點來看克莉絲蒂一系列的作品，她簡直就是洞徹人性的算命師。而讀者，在她的文字中，發現了自己無可奉告的命運。

藍祖蔚（國家電影及視聽文化中心董事長）

做過藥劑師，難免懂得毒藥；嫁給考古學家，難免也就嫻熟文明的神祕；再加上曾經失蹤九天，一切不復記憶的離奇經驗，的確提供了寫作靈感，但若少了想像力，那些片羽靈光縱使辛辣如辣椒，卻不足以成菜。

推理小說重布局、重人物描寫，克莉絲蒂最厲害的卻是犀利的人性觀察，她一手創造的白羅探長，潔癖個性完全和她相反，更將她所憎厭的人格特質集於一身，殊不知，唯有不對著鏡子寫作，才能夠跳出框架與制式反應，開闢無限寬廣的新世界，建構多面向的詭異迷宮。

看完她的小說，你只會更加訝異，到底是什麼樣的心靈才能成就這般視野？

李家同（作家、前暨南大學校長）

克莉絲蒂的整體布局十分細膩，最後案情也都講解得非常詳細，回頭去看，在書中都找得到線索。故事的情節與內容也很好看，不是像一個流氓在街上被殺掉那麼單調。……看小說應該要花腦筋、要思考，從小就要養成思辨的能力，看她的小說，就是對邏輯思考能力極佳的訓練。

袁瓊瓊（作家）

雖然被公認是冷靜理性的謀殺天后，但是在理性之下，克莉絲蒂的底色依舊是感情。克莉絲蒂很明白，所有的慾望之後，都無非是某種愛情。在以性命相搏的犯罪世界裡，凶手以終結他人的性命來遂私欲，不過是為了成全自己的愛，或者是成全自己的恨。

鄧惠文（精神科醫師）

以推理小說作家而言，克莉絲蒂的風格相當獨樹一格。她的偵探在辦案時，靠的不光是科學證據的搜集，而是大量運用犯罪心理學，及對人性的深刻了解。例如在《五隻小豬之歌》中，白羅便是藉由聽取嫌疑犯訴說案情時所不自覺顯露的主觀意識及中心思想，而看出其中破綻，找出真凶。白羅是靠腦袋辦案，以心理層面去剖析案情，即使人們敘述的是同一件事，他可以聽出不同角色因出發點及看待角度不同所透露的情緒觀感，從而抽絲剝繭，還原事實真相。

克莉絲蒂所塑造的人物也生動且各具特色，不同個性所出現的情緒反應描寫，皆細膩而準確，讓讀者產生豐富的想像空間，一展卷便欲罷而不能。

吳曉樂（作家）

克莉絲蒂使用的語言平易近人，主要是以角色與情節的對應來斧鑿出故事的深度，堆疊出讓讀者回味的迂迴空間。而她筆下的角色往往性別、階級、性格、族群各異，塑造出多元又豐富的人物群像。

文學作品不問類型，若要流傳於世，最終仍得上溯至「人性」的理解與反思。而阿嘉莎·克莉絲蒂的作品中，我們可以看到人類屢屢得和自己的人生討價還價，或千方百計讓主觀意識與客觀條件達成某種程度的整合，讀者在重建人物的心理軌跡時，也見識到自身的是非成敗，我認為，這也是克莉絲蒂的作品能夠璀璨經年、暢銷不衰的主因。

許皓宜（心理學作家）

克莉絲蒂筆下的故事看似在談人性的醜惡，實則像一位披著小說家靈魂的心靈引導者，用她的文字訴說著人們得不到「愛」時的痛苦。於是在故事終了的剎那，你不得不對人生多了幾分「看透感」：原來，我們心裡的那些痛苦、報復與自我折磨的慾望，不是因為「憤恨」，而是起於對「愛的失落」。這或許是我們在情感世界中最珍貴且深刻的一種覺察了。

推理小說荒謬驚悚嗎？不，它其實很寫實。它幫我們說出心裡的苦、怨、醜陋的慾望，於是，我們可以重新學習愛了。

一頁華爾滋 Kristin（影評人）

從有記憶以來，閱讀克莉絲蒂最迷人之處往往不在真正的凶手是誰，而是在於「Why」（為什麼）與「How」（如何進行），在於人性與心理描摹的故事肌理。依循其書寫脈絡，會發覺不只是邏輯清晰、布局縝密、著重細節，她總能完美掌握敘事節奏，書中人物彷彿真實存在般鮮明躍然紙上，讀者情緒會隨精準文字保持流轉、跳動、收放，掩卷時並無太多真相水落石出的暢快，反倒淡淡的惆悵化為餘韻襲上心頭，原來還是種種意料之外，卻屬情理之中的人性盲目使然。私以為，那成就了克莉絲蒂的推理故事之所以無比迷人的主因之一。

冬陽（推理評論人）

雖然阿嘉莎．克莉絲蒂的作品並非我的推理閱讀啟蒙，卻是養成閱讀不輟的重要推手。首先，她無庸置疑是個說故事能手，打開我名為好奇的開關；其次是設計犯罪事件的巧妙多元，既日常又異常，凶手更是叫人意想不到。沒錯，我相信每個當讀者的都忍不住想破案，想早偵探一步識破詭計，或者像考試結束鈴響前一秒，瞎猜都要指著某個角色大喊「你就是犯人」！然後會忍不住作弊——不是翻到最後幾頁窺探真凶身分，而是往前翻查讓人起疑的段落、偵探顯然掌握重要線索的時刻，直到忍不住豎白旗投降，看神探（我知道啦，真正把我要得團團轉的聰明人是作者）頭頭是道地分析我遺漏錯置的片片拼圖，終於看清真相全貌。這，就是偵探推理，我因此熟悉遊戲規則、沉醉在每一場迷人故事裡，成為這個類型書寫的俘虜，享受至今不疲的美好滋味。

石芳瑜（作家、永樂座書店主）

布局細膩、處處留下線索，破案解說詳細，說明了這位安靜、害羞的推理小說女王心思縝密，且充滿想像力。密室殺人，完美犯罪，《東方快車謀殺案》不愧為古典推理小說的經典。再加上神祕的東方色彩，隨著火車抵達的迫切時間感，連非推理小說迷都會神經拉緊，讀完大呼過癮。

家庭主婦缺少人生經驗？處女座的阿嘉莎．克莉絲蒂充分展現她過人的寫作天分，靠得是從小開始的閱讀，以及對偵探小說的著迷。三十歲寫下第一本偵探小說《史岱爾莊謀殺案》的克莉絲蒂，在那個時代並不能說是「早慧」，但寫作生涯五十五年中，共創作了八十部偵探小說，卻令人難以企及。這位害羞靦腆的小說女神，大概是相信只要有足夠的理由，每個人都有殺人的可能！

余小芳（暨南大學推理研究社指導老師、台灣推理作家協會常務理事）

學生時代加入推理社團，社課指定讀物便是經典作品《一個都不留》，成為我對克莉絲蒂的初步印象，自此沉浸於推理小說的世界。隔年寒假陪同學參與轉學考，在斜風細雨的走廊中，滿足讀完《東方快車謀殺案》。隨著歲月遠走，已昇華成趣味回憶。

踏入推理文學領域需要認識的作家，阿嘉莎．克莉絲蒂絕對名列其中，她的作品常有英國小鎮風光、莊園式的謀殺、設備豪華的交通工具等，還有特色鮮明的偵探活躍其中。書中少有血腥、暴力的橋段，布局巧妙且結構嚴密，手法純粹、知性，故事內容與人物性格融為一體，以高超的想像力結合說好故事的能耐，為推理小說開創新局面。克莉絲蒂推理全集重編改版，值得新舊讀者一起探索。

林怡辰（國小教師、教育部閱讀推手）

多年後，還是難忘第一次閱讀阿嘉莎．克莉絲蒂作品的感動和激動。

這套將近一世紀的作品，文筆流暢，邏輯縝密，過程中不斷與作者較量、猜出凶手，直到最後解答不禁佩服，蛛絲馬跡處處展現作者的精妙手法，於是又拿起另一部作品，再次沉溺在謀殺天后所編織的日常世界中的奇幻，無可自拔。犯罪動機和手法穿越時空限制，如今讀來合理且依舊令人感動，閱讀中趣味橫生，難怪成為後來諸多偵探小說的原型。

克莉絲蒂創作生涯中產出的八十部推理作品，至今多部躍上大銀幕，無怪乎被稱之為「經典」，喜愛推理偵探作品的人不可不讀，你會驚異於她在文字中施展的魔法！

張東君（推理評論家、科普作家）

我愛克莉絲蒂！這位在台灣有時會被稱為克奶奶的超級暢銷推理小說家，即使是自認沒讀過她的書的人，也都會在各種書籍或影視作品中看到對她致敬的片段。由於她喜歡旅行和冒險，那些經驗與體驗都成為書中的場景，因此閱讀她的作品時，不只是雀躍地跟著偵探推理，也有了虛擬的旅行體驗。或者當成旅遊導覽書，在出發去尼羅河、去英國鄉間、去搭船搭火車時，就塞一本克奶奶的作品到隨身背包中。

我還是大學新生時，就聽學姐說她哥哥經常看克奶奶的小說，而且邊看邊狂笑。於是我跟著效仿，在某次搭飛機之前買了第一本小說當旅伴，不只看得超開心，看完後還到處找尋書中出現的那種有兜帽的斗篷，當成出門時的必備用品。克奶奶的作品是跨越文字、國界的。只要看過一本，就會不停地追下去。還好，真的是還好只有八十本。何況這次是全新校訂的紀念珍藏版，當然不能錯過！

發光小魚（呂湘瑜）（文史作家、助理教授）

一部好的偵探小說，除了情節設計巧妙之外，還需要洞悉人性，如此方能合理地交代人物的言行舉止與動機。阿嘉莎．克莉絲蒂便是其中翹楚，她的作品不管是偵探、愛情小說或戲劇，必要元素都是謎題與人性。在寧靜無波的場景下暗潮洶湧，永遠都有意料之外，讀者的情緒也會隨著劇情的進行起伏糾結。克莉絲蒂觀察到時代的變化，將犯罪心理融入作品中，於是，看她的小說不只能得到解謎的快樂，同時對人性也能夠有所省思。

此外，克莉絲蒂豐富的人生歷練及旅行經歷，例如一九二二年的環球之旅、居住過也旅行過的巴黎和埃及，甚至是追隨考古學家丈夫前往的中東，都讓她的小說讀來更加充滿異國情調。如果你也愛旅行，不如就讓我們一同搭上那一班南法的藍色列車，或由伊斯坦堡出發的東方快車，跟著白羅鑽進一樁奇案，一嘗旅程中破解謎題的快感吧。

盧郁佳（作家）

國小時，家裡買了一套阿嘉莎．克莉絲蒂全集，從此成了我的毒品，在白癡課本將我的腦袋啃噬成海綿般空洞時，撫慰受創的心靈，那時我仍對人心險惡一無所知。

數學課教你列算式，樂趣遠不如克莉絲蒂教你住宅平面圖、偷換時序的密室魔術，你從庭園長窗進房間，我從房門直通鄰房，他從走廊進房……從而學會故事是建構邏輯。她文風多變，時而《四大天王》中讓神探白羅向助手海斯汀大賣關子，眉頭緊皺，山雨欲來，預示天翻地覆，只能靠他拯救世界；時而用維吉尼亞．吳爾芙《自己的房間》中俏皮的語言，讓貧苦村姑安妮在《褐衣男子》中回憶南非出生入死的冒險，竟源於她耽讀村裡圖書館爛舊的冒險愛情小說，還有戲院每週末放映〈帕米拉歷險記〉，帕米拉每集從飛機跳落高空、搭潛艇、爬上摩天大樓，每次被黑幫老大抓到總不一刀斃命，卻老要用瓦斯毒死她，暗示續集又會逃出生天。

長大才發現，克莉絲蒂小說就是我的〈帕米拉歷險記〉：它以歌劇般輝煌龐大的天真陰謀、精細的人際觀察（一句話重音放在哪個字、從膝蓋鑑定女人的年齡等），召喚年輕讀者抱持浪漫精神投入未知的壯遊，瘋魔、衝撞、冒犯，傷痕累累毫無懼色。正如瓦斯在冒險片中太多、現實中卻太少；陰謀在現實中沒有克莉絲蒂寫得那麼複雜，但她刻畫的心理卻是現實中解謎的試金石。

賴以威（臺灣師範大學電機系副教授）

或許可以為經典下幾個定義：該領域的愛好者更都讀過；不是這個領域的愛好者，許多人也都聽過；影響後續的作品，在很多著作中都可以看到它的影子；值得反覆再三閱讀，每隔一陣子再讀都可以獲得閱讀的樂趣，有更多的體悟。我永遠記得第一次讀《東方快車謀殺案》時，被那宛如嚴謹設計數學謎題的鋪陳、推進給深深吸引、震撼。從這幾個角度來說，克莉絲蒂的推理小說被稱之為「經典」，可說是當之無愧。

謝哲青（作家、旅行家、知名節目主持人）

克莉絲蒂小說的魅力在於透過每個角色的對白，藉由不斷的說話來表現人物的個性，以彰顯其人格特質中一些無法被忽略的事實。我們從他們的言語、講話的過程和字裡行間，竟然就能知道誰是凶手。

我從克莉絲蒂的小說學到很多，除了推理小說有趣的事實之外，最重要的是，我在工作的職場跟人應對的時候，如何從語言和對話裡去捕捉某些隱而不顯的事實。許多人們欲蓋彌彰的東西，無論心事也好、祕密也好，克莉絲蒂都會用文學的手法，讓你理解語言的奧妙和魅力。

克莉絲蒂的書寫會讓你覺得彷彿自己也在現場，你可以從聽到的對話當中，學會如何理解人心的一些小技巧，這是小說家最出色、最偉大的地方。我們必須學習傾聽別人說話——這些人講話是真誠的嗎？他想要跟你分享什麼資訊？這些資訊可靠嗎？——這是我在閱讀推理小說時，最大的收穫和理解。

阿嘉莎·克莉絲蒂大事記

1890		• 九月十五日出生於英格蘭德文郡托基鎮。
1894	4 歲	• 開始在家自學，父母親、姐姐教導閱讀、寫作、算術和彈鋼琴。
1895	5 歲	• 家中經濟走下坡，舉家搬至法國，學會流利的法語。
1905	15 歲	• 在巴黎寄宿學校學鋼琴和聲樂，但生性極度害羞，未成為職業鋼琴家，最終回到英國。
1907	17 歲	• 陪同母親前往埃及調養身體，對社交活動充滿興趣，但尚未對日後感興趣的埃及古物點燃熱情。 • 回英國後繼續寫作、參與業餘戲劇表演。
1908	18 歲	• 寫出第一篇短篇小說〈麗人之屋〉，同時也寫出第一部愛情小說《白雪黃漠》，以筆名向出版社投稿，但屢遭退稿。
1912	22 歲	• 與英國皇家軍官亞契·克莉絲蒂（Archibald Christie）熱戀。 • 八月爆發第一次世界大戰，亞契奉派到法國作戰。
1914	24 歲	• 耶誕夜結婚，亞契隨即返回戰場。克莉絲蒂參與紅十字會工作，在醫院擔任護士和藥劑師，因此對藥理和毒物非常熟悉，造就後來多部推理小說情節都以毒藥殺人。
1916	26 歲	• 開始嘗試寫推理小說，寫出第一部小說《史岱爾莊謀殺案》，主角偵探赫丘勒·白羅的靈感，來自於大戰期間英國鄉間的比利時難民營。本書歷經數家出版社退稿後，終獲柏德雷·海德（The Bodley Head）圖書公司的出版機會，之後並簽下另五本小說的合約。
1919	29 歲	• 前一年亞契返回英國，八月生下女兒露莎琳。

1920　30 歲　• 出版《史岱爾莊謀殺案》。

1922　32 歲　• 出版第二部小說《隱身魔鬼》，主角是夫妻檔偵探湯米和陶品絲。
• 與亞契至南非、澳洲、紐西蘭、夏威夷和加拿大等國旅行十個月，在南非得到《褐衣男子》的靈感。

1923　33 歲　• 三月出版第三部小說《高爾夫球場命案》，白羅再度登場。

1926　36 歲　• 四月母親過世，克莉絲蒂陷入憂鬱。
• 六月在「威廉．柯林斯父子出版社」出版《羅傑艾克洛命案》。
• 八月亞契因外遇提出離婚，十二月初一次爭吵後，克莉絲蒂離家棄車失蹤，消息登上全國新聞。

1927　37 歲　• 一月在悲痛心情中寫出《藍色列車之謎》，第一次創造出聖瑪莉米德村，即後來瑪波小姐居住的村子。
• 分居期間在雜誌刊登以白羅為主角的短篇小說，後來集結出版《四大天王》。
• 十二月在雜誌刊登短篇小說〈週二夜間俱樂部〉，瑪波小姐初登場，後來收錄在一九三二年出版的短篇小說集《十三個難題》。

1928　38 歲　• 十月正式離婚，仍保留「克莉絲蒂」姓氏。
• 秋天搭乘「東方快車」前往土耳其的伊斯坦堡，再轉往伊拉克首都巴格達，參觀考古現場烏爾，認識考古學家伍利夫婦（Leonard and Katharine Woolley）。

1930　40 歲　• 二月應伍利夫婦之邀再訪烏爾，認識考古學家麥克斯．馬龍（Max Mallowan），九月於英國愛丁堡結婚。這段婚姻開啟克莉絲蒂旺盛的創作生涯，兩人到中東考古現場的旅行為許多作品帶來靈感。

- 婚後克莉絲蒂開始維持固定的寫作行程。十月出版《牧師公館謀殺案》，是第一部以瑪波小姐為主角的小說。
- 出版第一部以「瑪麗・魏斯麥珂特」（Mary Westmacott）為筆名的《撒旦的情歌》，並陸續發表了五部非犯罪小說。

1932　42 歲
- 出版《危機四伏》。

1934　44 歲
- 出版《東方快車謀殺案》，是白羅海外辦案三部曲之一，故事靈感來自中東的旅行經歷。一九七四年第一次改編成電影大獲好評。

1936　46 歲
- 出版《美索不達米亞驚魂》，白羅海外辦案三部曲之二。

1937　47 歲
- 出版《尼羅河謀殺案》，白羅海外辦案三部曲之三，故事背景是年輕時與母親同遊的埃及。一九七八年第一次改編成電影大受歡迎。

1939　49 歲
- 二次大戰期間，克莉絲蒂在大學學院醫院擔任義務藥師，學習到最新的毒藥知識，對於推理小說寫作大有助益。
- 出版《一個都不留》，是克莉絲蒂最著名作品之一。

1941　51 歲
- 出版《密碼》，呈現出克莉絲蒂對戰爭的看法。
- 出版《豔陽下的謀殺案》。

1942　52 歲
- 出版《藏書室的陌生人》、《五隻小豬之歌》等名作。

1944　54 歲
- 以「瑪麗・魏斯麥珂特」為筆名出版第三部作品《幸福假面》，被美國書評人發現是克莉絲蒂的作品，讓她從此失去匿名創作的自在樂趣。

1950 60歲 • 獲選為皇家文學學會的會員。

1953 63歲 • 出版《葬禮變奏曲》。

1956 66歲 • 一月獲頒大英帝國爵級大十字勳章（GBE）。
• 十一月以「瑪麗．魏斯麥珂特」為筆名出版《愛的重量》，是這個筆名的最後一部作品。

1958 68歲 • 成為「偵探作家俱樂部」主席。

1960 70歲 • 馬龍獲頒大英帝國爵級大十字勳章。

1961 71歲 • 獲得艾克塞特大學頒發榮譽文學博士學位。

1968 78歲 • 馬龍獲封為爵士，克莉絲蒂亦被稱為馬龍爵士夫人。

1971 81歲 • 獲頒大英帝國爵級司令勳章（DBE），獲封為女爵士。

1973 83歲 • 出版最後一部創作《死亡暗道》，亦為湯米和陶品絲最後一次辦案。

1974 84歲 • 最後一次公開露面，出席電影《東方快車謀殺案》首映會。

1975 85歲 • 八月六日，白羅成為有史以來第一次在《紐約時報》頭版刊出訃聞的小說主角，宣傳九月即將出版的《謝幕》，這也是白羅最後一次辦案。

1976 86歲 • 一月十二日去世。
• 十月出版《死亡不長眠》，瑪波小姐的最後一次辦案。

克莉絲蒂推理原著出版年表

1920　史岱爾莊謀殺案 The Mysterious Affair at Styles（神探白羅系列）
1922　隱身魔鬼 The Secret Adversary（神探湯米＆陶品絲系列）
1923　高爾夫球場命案 The Murder on the Links（神探白羅系列）
1924　白羅出擊 Poirot Investigates（神探白羅系列）
1924　褐衣男子 The Man in the Brown Suit（神探雷斯上校系列）
1925　煙囪的祕密 The Secret of Chimneys（神探巴鬥主任系列）
1926　羅傑艾克洛命案 The Murder of Roger Ackroyd（神探白羅系列）
1927　四大天王 The Big Four（神探白羅系列）
1928　藍色列車之謎 The Mystery of the Blue Train（神探白羅系列）
1929　七鐘面 The Seven Dials Mystery（神探巴鬥主任系列）
1929　鴛鴦神探 Partners in Crime（神探湯米＆陶品絲系列）
1930　牧師公館謀殺案 The Murder at the Vicarage（神探瑪波系列）
1930　謎樣的鬼豔先生 The Mysterious Mr. Quin（神探鬼豔先生系列）
1931　西塔佛祕案 The Sittaford Mystery
1932　十三個難題 The Thirteen Problems（神探瑪波系列）
1932　危機四伏 Peril at End House（神探白羅系列）
1933　十三人的晚宴 Lord Edgware Dies（神探白羅系列）
1933　死亡之犬 The Hound of Death
1934　三幕悲劇 Three Act Tragedy（神探白羅系列）
1934　李斯特岱奇案 The Listerdale Mystery
1934　帕克潘調查簿 Parker Pyne Investigates（神探帕克潘系列）
1934　東方快車謀殺案 Murder on the Orient Express（神探白羅系列）
1934　為什麼不找伊文斯？ Why Didn't They Ask Evans?
1935　謀殺在雲端 Death in the Clouds（神探白羅系列）
1936　ABC 謀殺案 The A.B.C. Murders（神探白羅系列）
1936　底牌 Cards on the Table（神探白羅系列）
1936　美索不達米亞驚魂 Murder in Mesopotamia（神探白羅系列）

1937 巴石立花園街謀殺案 Murder in the Mews（神探白羅系列）
1937 尼羅河謀殺案 Death on the Nile（神探白羅系列）
1937 死無對證 Dumb Witness（神探白羅系列）
1938 白羅的聖誕假期 Hercule Poirot's Christmas（神探白羅系列）
1938 死亡約會 Appointment with Death（神探白羅系列）
1939 一個都不留 And Then There Were None
1939 殺人不難 Murder Is Easy/Easy to Kill（神探巴鬥主任系列）
1940 一，二，縫好鞋釦 One, Two, Buckle My Shoe（神探白羅系列）
1940 絲柏的哀歌 Sad Cypress（神探白羅系列）
1941 密碼 N Or M?（神探湯米＆陶品絲系列）
1941 豔陽下的謀殺案 Evil Under the Sun（神探白羅系列）
1942 五隻小豬之歌 Five Little Pigs（神探白羅系列）
1942 藏書室的陌生人 The Body in the Library（神探瑪波系列）
1943 幕後黑手 The Moving Finger（神探瑪波系列）
1944 本末倒置 Towards Zero（神探巴鬥主任系列）
1945 死亡終有時 Death Comes as the End
1945 魂縈舊恨 Remembered Death（神探雷斯上校系列）
1946 池邊的幻影 The Hollow（神探白羅系列）
1947 赫丘勒的十二道任務 The Labours of Hercules（神探白羅系列）
1948 順水推舟 Taken at the Flood（神探白羅系列）
1949 畸屋 Crooked House
1950 謀殺啟事 A Murder Is Announced（神探瑪波系列）
1951 巴格達風雲 They Came to Baghdad
1952 殺手魔術 They Do It with Mirrors（神探瑪波系列）
1952 麥金堤太太之死 Mrs. McGinty's Dead（神探白羅系列）
1953 黑麥滿口袋 A Pocket Full of Rye（神探瑪波系列）
1953 葬禮變奏曲 After the Funeral（神探白羅系列）

1954　未知的旅途 Destination Unknown
1955　國際學舍謀殺案 Hickory, Dickory, Dock（神探白羅系列）
1956　弄假成真 Dead Man's Folly（神探白羅系列）
1957　殺人一瞬間 4:50 from Paddington（神探瑪波系列）
1958　無辜者的試煉 Ordeal by Innocence
1959　鴿群裡的貓 Cat Among the Pigeons（神探白羅系列）
1960　哪個聖誕布丁？ The Adventure of the Christmas Pudding（神探白羅系列）
1961　白馬酒館 The Pale Horse
1962　破鏡謀殺案 The Mirror Crack'd from Side to Side（神探瑪波系列）
1963　怪鐘 The Clocks（神探白羅系列）
1964　加勒比海疑雲 A Caribbean Mystery（神探瑪波系列）
1965　柏翠門旅館 At Bertram's Hotel（神探瑪波系列）
1966　第三個單身女郎 Third Girl（神探白羅系列）
1967　無盡的夜 Endless Night
1968　顫刺的預兆 By the Pricking of My Thumbs（神探湯米＆陶品絲系列）
1969　萬聖節派對 Hallowe'en Party（神探白羅系列）
1970　法蘭克福機場怪客 Passengers to Frankfurt
1971　復仇女神 Nemesis（神探瑪波系列）
1972　問大象去吧 Elephants Can Remember（神探白羅系列）
1973　死亡暗道 Postern of Fate（神探湯米＆陶品絲系列）
1974　白羅的初期探案 Poirot's Early Cases（神探白羅系列）
1975　謝幕 Curtain: Hercule Poirot's Last Case（神探白羅系列）
1976　死亡不長眠 Sleeping Murder（神探瑪波系列）
1979　瑪波小姐的完結篇 Miss Marple's Final Cases（神探瑪波系列）
1991　情牽波倫沙 Problem at Pollensa Bay
1997　殘光夜影 While the Light Lasts

國家圖書館出版品預行編目（CIP）資料

萬聖節派對 / 阿嘉莎・克莉絲蒂（Agatha Christie）著；馬相武譯. -- 二版. -- 臺北市 : 遠流出版事業股份有限公司, 2023.04
面； 公分. -- (克莉絲蒂繁體中文版20週年紀念珍藏 ; 27)
譯自 : Hallowe'en Party
ISBN 978-626-361-005-7(平裝)

873.57 112002181

克莉絲蒂繁體中文版 20 週年紀念珍藏 27

萬聖節派對

作者 / 阿嘉莎・克莉絲蒂
譯者 / 馬相武

主編 / 陳懿文、余式恕　校對 / 呂佳真
封面、內頁設計 / 謝佳穎　排版 / 連紫吟、曹任華
行銷企劃 / 舒意雯　出版一部總編輯暨總監 / 王明雪

發行人 / 王榮文
出版發行 / 遠流出版事業股份有限公司
地址 / 104005臺北市中山北路一段11號13樓
電話 / (02)2571-0297　傳真 / (02)2571-0197　郵撥 / 0189456-1
著作權顧問 / 蕭雄淋律師

2002年11月1日 初版一刷
2023年9月1日 二版二刷
定價 / 新臺幣380元 (缺頁或破損的書，請寄回更換)

ISBN 978-626-361-005-7

遠流博識網 http://www.ylib.com E-mail: ylib@ylib.com
遠流粉絲團 https://www.facebook.com/ylibfans

www.agathachristie.com